LES TÊTES
À PAPINEAU

Jacques Godbout

LES TÊTES
À PAPINEAU

roman

Boréal

Conception graphique: Gianni Caccia
Illustration: Alain Longpré

© Les Éditions du Boréal
Dépôt légal: 4e trimestre 1991
Bibliothèque nationale du Québec

Diffusion au Canada: Dimedia

Données de catalogage avant publication (Canada)

Godbout, Jacques, 1933-
    Les têtes à Papineau: roman

Éd. canadienne.

(Boréal compact)
Éd. originale: Paris: Seuil, 1981.

ISBN 2-89052-447-7

I. Titre.

PS8513.026T49 1991   C43'.54   C91-090891-5
PS9513.026T49 1991
PQ3919.2.G62T49 1991

pour Mariette et Fernand,
Sylvie et Alain,
vivent les monstres!
et tous ceux qui ont
la tête dure.

Chaque enfant recommence à zéro
l'histoire de l'humanité.

A.D.N.

premièrement

Nous sommes venus au *Royal Victoria Hospital* rencontrer le Dr Gregory B. Northridge, autrefois attaché à l'Institut des anciens combattants de Vancouver (B.C.). C'est lui qui nous a aimablement invités à le faire, par téléphone, il y a de cela plusieurs semaines. Il devait, de toute manière, se rendre à Montréal. Il avait entendu parler de nos deux têtes. Il affirmait connaître le sujet, notre situation lui était familière. Il désirait procéder à quelques examens dont il avait seul le secret, et peut-être par la suite allait-il nous offrir une intervention chirurgicale définitive ? Définitive.

Les anciens combattants sont tous tellement *anciens* aujourd'hui qu'ils ont dépassé depuis longtemps l'âge des défis. C'est pourquoi notre jeunesse l'intéresse. Nous sommes une aventure.

Nous nous serions présentés plus tôt à son bureau, mais nous avions des problèmes personnels qui nous en empêchaient. Par la suite ce fut au Dr Northridge d'être empêché. Vous savez ce que c'est. Il avait été mandé au chevet du shah d'Iran, à New York, à propos d'un cancer de l'œsophage et d'une rate trop dilatée. Les chefs d'État n'ont pas que des plaisirs. Le Dr Northridge est reconnu aux USA où il s'est spécialisé en diverses chirurgies. Il est diplômé, si l'on peut dire, de la célèbre Clinique Mayo. C'est un cas intéressant : cette clinique est célèbre parce que des gens célèbres y amènent leurs viscères. De là la rate du shah. A Mayo, le Dr Northridge était aussi capitaine de l'équipe de basket. Il porte ses cheveux ambre coupés dru et court depuis cette époque. C'est un chirurgien hors pair. Il a opéré le monarque qui a pu subséquemment se retirer à Panama, dans les bras de sa chatte. Cela se passait au cours de l'automne de l'année mille neuf cent soixante-dix-neuf. On connaît la suite. Les journaux en ont fait état. Enfin. Northridge a réalisé cette opération chirurgicale tout en sachant que le tyrannien était condamné. C'est un artiste.

Ce matin, après une brève rencontre à son bureau, qui nous a permis de faire connaissance et d'établir un échéancier, une nurse nous a conduits au huitième étage du pavillon de neurologie. C'est très haut. Le *Royal Victoria Hospital* est construit dans les rochers à flanc de montagne, d'où l'on domine facilement toute la ville. Au loin, par temps clair, nous a affirmé la head-nurse, on aperçoit même les contreforts vaporeux du Vermont. La chambre n'est pas mal. Murs grèges. Télévision et câblo-sélecteur. Téléphone bien sûr, posé sur une petite table dans laquelle sont incorporés radio et chrono. Salle de bains immense et

14

privée. On trouve aussi, accrochées ici et là, des photographies en couleurs de la famille royale d'Angleterre. Une pommade. Dans les hôpitaux catholiques c'est le crucifix. Chaque culture propose ses dernières images aux agonisants. Celle face à notre lit montre le prince Philippe debout derrière une jument. Tous deux affichent un vaste sourire. C'est réconfortant.

Le plafond blanc, par contre, invite à la rêverie. « C'est bien notre genre! » soupire François. Il entend que Charles va en profiter pour se perdre dans l'éther, encore une fois. François déteste rêvasser. Il préfère l'action immédiate, quitte à se brûler les pattes. Charles contemple les plafonds blancs et s'invente des paysages. Il s'y perd facilement. François, s'il n'est pas stimulé de l'extérieur, ne pense à rien. Mais il est plus rapide que Charles à la détente. C'est une boule sur un billard électrique. Charles ressemble plus pour sa part à un étang matinal sous la brume. Ce n'est pas commode. De plus en plus nous nous regardons comme chiens de garde, les babines retroussées sur nos dents pointues. Or nous sommes condamnés, comme personne au monde, à un perpétuel tête-à-tête : nous n'avons, de naissance, qu'un seul cou, un seul tronc, deux bras, deux cannes, un organe de reproduction. Cela nous tient ensemble. Ensemble.

Nos deux têtes prennent racine à la hauteur de la trachée-artère, de guingois, de ghingoua, mais à même le cou. Comme les deux branches d'un V victorieux. Elles sont autonomes. Pas que pour les

15

émotions ! La pensée. La voix. La salive aussi. Il nous arrive assez souvent, pour cela même, de nous étouffer bruyamment. C'est dangereux une trachée envahie. Il suffit d'un rien. Nous avons un ami qui est mort étranglé par *une seule arête* de poisson.

Il était à table, au restaurant. Quand l'arête se piqua dans sa gorge il se mit à faire des bruits inattendus. Des grimaces. Les convives se tapèrent sur les cuisses. Il était habituellement très drôle. Les grimaces empirèrent, il se roulait par terre, en cravate et gilet. Il était toujours tiré à quatre épingles. Il devint rouge comme une brique hollandaise. Puis bleu fromage. La table entière était morte de rire. Mais c'est lui qui resta sur le carreau. Quand on s'aperçut qu'il était sérieux, il était trop tard. Il avait fait sa dernière blague. C'est parfois dangereux d'être pris pour un clown.

Ce n'est pas une raison pour s'étouffer à tout propos ! Alors nous nous méfions. Du chewing-gum et des bonbons. Et de *nos* propres glandes salivaires, les parotides, les sous-maxillaires et les sublinguales. Mais le liquide douceâtre et nécessaire surgit parfois de façon imprévisible. Survient une image alléchante, François déglutit. Alors la tête à Charles râle et manque d'air. François s'empresse de cracher en toussant. Nous reprenons souffle. Nous aurions pu en mourir vingt fois. Bien sûr cet étouffement soudain, cette dépense de salive, est aussi une maladie familiale, commune aux gens originaires des Trois-Pistoles dont plusieurs ont la luette inquiète. Et nous qui en avons deux ! Héréditaires.

16

— Ah luette ! Je t'y plumerai... !

Charles trouve ces jeux de mots particulièrement idiots. Le côté gaulois de François l'horripile. Il soutient que si les Français aiment tant les jeux de mots c'est que leur langue est constamment surveillée. Il préfère l'approche américaine. Les jeux de guerre et de hasard. Il dit que les Anglais ont de l'esprit. « Le calembour n'est pas un trait d'esprit. A preuve », dit souvent Charles en se renfrognant, « ça ne fait pas rire les enfants. » Charles est effectivement discret. François est beaucoup plus porté, en toute circonstance, à gueuler, à discutailler, à se plaindre. Il aime baratiner. C'est un enjôleur. La tête à Charles refoule tout. C'est un être complexe, une âme insondable, un volcan paresseux. Enfin. Il est grand temps que nous nous présentions officiellement : Charles-François Papineau, dit « Les têtes » :

(Charles :) — Enchanté...

(François :) — A votre service...

Nous sommes deux fois plus polis que tout fils bien élevé. Le rêve d'une ambassadrice ! Mais nous amusons aussi les enfants. A preuve, une compagnie spécialisée en pacotille pour comptoirs de pharmacies et dessus de caisses de supermarchés distribue encore aujourd'hui des statuettes en plâtre recouvertes de duvet de nylon où l'on nous voit à dos de grenouille. C'est notre image publique la plus répandue. Pour nous consoler nous imaginons ces statuettes sur la table de nuit de toutes les vierges du pays. Une minute de silence. Vous entendez ce murmure masturbatoire léger qui gronde ? Soit, papa touche deux gros sous

17

pour chaque symbole phallique vendu... Il a cédé les droits à notre naissance. Nos avocats n'ont jamais pu les récupérer. Parole donnée. Sur ces statuettes notre corps est blond, la grenouille verte, le visage de Charles bleuâtre orné de cheveux jaunes, celui de François est rouge affublé d'une grosse tignasse noire. Il existe des contrefaçons. Mais elles sont faites au Japon.

Le Dr Northridge est un être impressionnant. C'est un géant. Cette démesure nous a plu au premier coup d'œil ; nous, nous étions démesurés de naissance. Ce jour-là est désormais connu comme le Jour de la Grande Distraction Divine. Quand on vit au ciel, croit François, on a facilement les bleus. Enfin.

Northridge fait certainement deux mètres de hauteur et ses chaussures sont si larges de semelles qu'elles le porteraient gracieusement sur la neige des sous-bois. Il a les pieds comme des raquettes. De plus il est d'ascendance canadienne-française par sa mère, nous a-t-il appris en gloussant. C'est un timide aux pieds plats. Il s'enfarge facilement. Sa mère était une postulante du couvent de Saint-Boniface, au Manitoba. Elle n'acceptait pas la disparition de sa race et l'assimilation de ses concitoyens au grand Tout confédéral. Dans un premier temps elle s'offrit au chef de train du transcanadien. Dans un wagon à bestiaux. Sur la paille. En pleine gare de Winnipeg. Pendant que des cheminots lavaient la locomotive à la vapeur. Ses cris de plaisir se mêlèrent au chuintement des freins et aux appels aigrelets des sifflets ferroviaires. Dans un second temps elle remit à l'orphelinat local le fruit de ses péchés qui sentait bon la poudre de bébé. Mais c'est une famille anglo-catholique qui l'adopta. Déjà, au Manitoba, la foi n'était plus gardienne de la langue ! Germaine Beaupré mourut de dépit peu après. Elle fut enterrée dans le petit cimetière des grandes illusions. Elle était dans les ordres. L'année suivante le jeune Northridge partit à Vancouver avec ses nouveaux parents. Il signe Gregory *B*. Northridge, en souvenir. Mais il n'a jamais cherché, nous a-t-il confié, à remonter aux sources, à retrouver sa vraie famille.

Nous lui avons appris l'existence d'un corps célèbre conservé à l'université de Montréal, aussi grand que le sien, un Beaupré lui aussi, facteur de sa profession. C'est une coïncidence remarquable : le nom, la taille, Beaupré, géant. Mais ça ne l'intéresse pas vraiment. Il se fiche de savoir où sont ses racines. Il cherche des cas exquis. Des malformations rares. Il veut transformer le monde. Le monde. La famille le laisse froid.

— Cela ne nous aiderait pas beaucoup, nous a-t-il souligné, de savoir d'où viennent vos ancêtres et si on les comptait comme passagers à bord du voilier de Jacques Cartier ! Même les origines génétiques de votre dédoublement ne se révéleront pas très importantes, au plan médical. Ce qui compte c'est le présent, et de savoir si nous serons en mesure de vous offrir une vie normale.

— Normale ? fit François.

— Vous croyez que nous garderons mémoire de tout ceci après l'opération ? demanda Charles.

— Nous sommes loin de même pouvoir nous poser la question ! soupira Northridge. Il faut d'abord vous soumettre à des simulations pour découvrir par exemple si votre cœur tiendra le coup. Vous avez réussi à survivre jusqu'à maintenant en écosystème fermé. Chaque organe a assumé son rôle. Nous allons tenter de prévoir les réactions de tout cet univers en équilibre. Et rédiger quelques scénarios.

— J'ai toujours voulu être un acteur, lança François, mais j'aime moins l'idée d'un premier rôle dans un film d'horreur !

— Ce ne sera pas très douloureux, répliqua le docteur calmement, nous allons inscrire dans la mémoire de notre ordinateur les données de base de votre métabolisme et nous établirons ensuite toutes les combinaisons imaginables.

— Maman, qui travaille chez AES où l'on fabrique des cerveaux électroniques, dit François, donne des noms aux siens comme à des enfants. Alphie, Willie, Sophie. Que sais-je ! Comment, demanda-t-il, se nomme le vôtre ?

— Le biomètre, dit Northridge.

— Évidemment. Ça ne pouvait être Dracula ! ironisa François.

— Est-ce que vous pourriez prévoir, par une simple équation mathématique, notre mort ? s'enquit Charles comme pour lui-même, presque admiratif.

— Ce n'est pas ce que nous visons, répondit le géant des Rocheuses en se passant une main sur le front, toute la démarche consiste plutôt à diminuer les risques d'erreur !

— Mais justement ! Vous semblez oublier que nous sommes une Erreur, au départ ! répliqua Charles. Puis il ferma les yeux.

— Pourquoi vouloir nous gommer ? demanda François à Northridge. Est-ce que notre existence vous gêne ?

— Pour votre bien ! dit le médecin. On ne peut pas passer sa vie à moitié ceci et cela. Savez-vous la place que vos deux têtes vous permettent de revendiquer ? Pour la science et pour l'administration, Messieurs Papineau, vous n'êtes que des moitiés d'homme...

François l'interrompit, piqué au vif.

— Pourtant, docteur, il y a en Corée une secte qui nous a choisis comme *divinité*...

Northridge écarquilla les yeux.

— C'est une erreur dans la livraison de quelques caisses de statuettes qui est à l'origine du rite, expliqua Charles ; ces Asiatiques astucieux nous ont tout de suite élevé des autels. Depuis on nous contemple dans des temples. J'ai même entendu dire que quelque part en Afrique une tribu nous a incorporés dans sa lignée. Nos effigies, rapportées par un père blanc, seraient pendues aux branches d'un baobab.

— Cette pratique m'a inspiré d'ailleurs une phrase tout à fait inutile, mais que j'aime beaucoup : *sous le baobab en boubou et babouches le chef chasse les mouches,* ajouta François. Répétez après moi !

— Je ne comprends rien à tout cela ! s'exclama Northridge.

— Il n'y a rien à comprendre, dit Charles, quand François phrase il s'écoute, il frappe les mots comme des cymbales, peu importe si leur musique a un sens ou non, il fait du bruit, il publie...

— Je n'ai jamais rien lu de vos écrits, s'excusa Northridge. Il faut dire que je ne lis pas beaucoup, hors les mémoires dans mes spécialités.

— Si vous aviez une deuxième tête, dit Charles, vous pourriez vous laisser aller à la littérature.

— Je m'ennuie dans les romans, dit Northridge.

— Plus de problème! répliqua François, désormais nous faisons dans la fiction médicale...

— Au début, quand nous avions dix ans, nous suivions le même droit-fil, ajouta Charles. Nous étions en poésie. En collaboration. Mais aujourd'hui François ne reconnaît que les *réalités.* Je ne signerais rien de ce qu'il écrit.

— Il se peut, dit Northridge, qu'après l'opération vous ne puissiez plus écrire du tout. Vous le savez?

— Ça m'est égal! lança Charles.

— Vous n'ébranlerez pas mon confrère, dit François, rien de ce qu'il a vécu à ce jour ne l'intéresse. Il voudrait même n'avoir aucun passé. Il désire devenir un homme neuf, il aime lui aussi inventer des univers inconnus. Ce n'est pas Charles que vous surprendrez à biner le jardin familial.

— Je ne crois pas aux traces, dit Charles, nous avons payé assez cher, il me semble, notre filiation aux Papineau. Je ne veux plus avoir de père ni de mère. Nous serons conçus par laser cette fois...

— Un jour, dit François se tournant vers le docteur, vous reconnaîtrez le Beaupré qu'il y a en vous.

— Et vous souhaiterez l'étrangler! ajouta Charles.

22

Vus de face Charles est à gauche, François, c'est la tête de droite. L'idée que le Dr Northridge veut explorer est la suivante : vidanger la moitié droite de la tête à Charles et la moitié gauche du cerveau de François pour ensuite trancher les deux crânes au laser, de bas en haut, comme on ouvre un melon d'eau mûr. En s'expliquant, Northridge a utilisé des onomatopées. Ce sera une fête pour les oreilles ! Si nous insistons l'intervention se fera à froid.

— Vous vous trompez de fruit ! s'est exclamé François qui n'a pas apprécié l'image de la pastèque.

— J'essaie de me faire comprendre, répondit le docteur.

— Votre intervention ressemble à une recette de ma mère, répliqua François, vous pouvez l'essayer. Vous prenez un ananas frais que vous tranchez sur la longueur, y compris la queue, vous videz le cœur, mélangez la chair à de la crème glacée, vous remplissez les coquilles vides, refermez l'ananas, et placez le tout au congélateur. Vous avez maintenant un magnifique dessert surprise !

— Je ne saisis pas ce que vous voulez dire, insista Northridge.

Alors François baissa la voix, comme pour une confidence au clair de lune, et lui souffla par-dessus le stéthoscope.

— ... l'ennui, docteur, c'est que l'on ne réussit *jamais* à raccorder les morceaux parfaitement. La

23

crème — quelque précaution que l'on prenne ! — coule toujours de tous les côtés.

— Je croyais, intervint Charles, que la principale difficulté consistait plutôt à vidanger correctement les hémisphères cérébraux ?

— Le plus difficile sera de nous recoller ! affirma François.

Le Dr Northridge expliqua qu'en effet les terminaisons nerveuses sont particulièrement sensibles et qu'il sera ardu de les réaccoupler.

— Et puis, ajouta François, même si la vidange est réussie je ne veux pas me promener le reste de notre vie avec une affreuse couture au beau milieu de notre nouveau visage. Nous aurions la tête comme une balle de base-ball avec des fils croisés passant en zigzag du front à la pomme d'Adam ! En plein entre les deux narines !

— Ce serait monstrueux ! fit Charles en frissonnant.

Le docteur Northridge était d'accord sur ce sujet. Il ne fera rien qui puisse nous déplaire. Il n'est pas là pour nous détruire. Il est très conscient aussi que nous avons chacun notre vision du monde. Il ne veut pas nous anéantir. En réalité il croit que s'il réussit son intervention nous serons plus heureux. Heureux.

deuxièmement

Nous avons toujours été, pour les scribouilleurs, un morceau de choix. Un sujet aussi inévitable que la problématique de la langue ou le pénible portrait de l'homme colonisé canadien-français. Évidemment la naissance d'un enfant bicéphale vivant ne pouvait passer inaperçue. Les comètes font jaser. Les monstres aussi. Nous avons attiré l'attention d'hommes de science sérieux, mais aussi provoqué, par la même occasion, un grand nombre d'amateurs de sensationnalisme ! Dont notre éditeur.

Dans sa plus récente lettre il affirme vouloir publier un livre sur notre métamorphose (il cite Kafka) car cette « transformation » (les guillemets sont de lui) devra servir, écrit-il, à « l'édification des générations futures ». Il est vraiment pudique ! Mais sa magnifique pudeur ne l'empêchera pas de glisser notre livre entre un ouvrage sur la disparition du tabou de l'inceste et un autre (illustré) présentant les pratiques ancestrales de la nécrophilie dans le bas Saint-Laurent. Le tout dans une collection d'histoires « vécues ». Vécues.

Comme la plupart de nos amis et connaissances, notre sympathique éditeur ne comprend rien à la situation : ce récit glisse inéluctablement vers une édition définitive. Le couteau de Northridge va nous trancher dans l'*être*. Après ce sera le néant ! Enfin. C'est trop facile d'imaginer que notre cas est semblable à celui des transsexuels ! Si, grâce à un bistouri habile, une belle, grande, élégante et désirable écuyère sort de la peau d'un sergent-chef de la Gendarmerie royale du Canada, cela relève d'une autre dimension chirurgicale ! Potins et esthétique. Hasard et culotte de cheval ! Pour nous, après tant d'années de vie commune, il est question de *perdre la tête*. Aucun des deux ne s'en sortira indemne. Et si nous ne nous y risquons pas, nous sommes condamnés de toute manière. Car il semble assuré qu'emmanchés, soudés, accrochés ainsi que nous le sommes, inévitablement, l'un rendra l'autre zinzin. Et nous mourrons rapidement tous deux ensemble. En-sem-ble.

Donc cet ouvrage ne se prétend pas une biographie officielle. Il s'agit tout simplement du *journal* de notre évolution, jusqu'au scalpel. Rien de plus. Et c'est pourquoi nous l'assumerons, *ad finem,* au nom des deux têtes. C'est un récit bi-graphique. Nous ne craignons pas même le pathétique ! Car si tout se déroule sans problème le dernier chapitre de ce livre sera, forcément, écrit pár *ce qui* sortira de la salle d'opération... Nous ne savons même pas, à cette heure, de quelle main nous écrirons lorsque nous serons affublés de l'hémisphère droit de l'un et du

28

gauche de l'autre ! Et quelle conscience aurons-nous ? Quelle mémoire ? Les racines nerveuses remplaceront-elles nos racines nationales, familiales et sociales ?

« Je m'en fiche complètement », dit Charles. Mais pas François. Qu'importe d'ailleurs ! Ce n'est ni le premier, ni le dernier ouvrage à nous être consacré. De toute manière nous toucherons une forte somme à la signature du contrat. Ensuite nous ferons une sacrée fête ! Nous donnerons un dîner de têtes ! Les droits subséquents, s'il en est, seront versés au survivant, s'il y en a un. Un.

Jusqu'à l'année dernière nous nous accommodions assez bien de nos différences de caractère. Aujourd'hui ce n'est plus guère possible, nous n'envisageons plus l'avenir, ou ce qui en reste, de même manière. Nous sommes, pour ainsi dire, idéologiquement séparés. C'est pourquoi ce livre ne peut être un effort de raccordement. Une médiation. Au contraire nous le voyons comme l'exercice lucide, utile et difficile de nos libertés. Il n'est plus question de tenir des discours chacun de notre côté. Ce n'est plus le temps des élections. Nous n'en avons plus le courage. Il nous faut faire face à la situation. De là l'intérêt de la proposition des Éditions du Scorpion. Ils ne veulent pas nous voir écrits par une tierce personne.

Nous aurions pu confier cette tâche au Dr Hugues Bonvouloir, par exemple, qui rédigea jadis un ouvrage généreux sur notre enfance et tendre adolescence : *la Vie double*. Paru chez Pulmeyer, le grand éditeur des grandes biographies, *la Vie double* est depuis longtemps un best-seller. De Greta Garbo aux Têtes à Papineau ! Quelle lignée ! Traduit en plusieurs langues, dont la nôtre ! La préface du Dr Bonvouloir commençait ainsi :

« Quand j'ai aperçu pour la première fois cet enfant qui me regardait de ses deux petites têtes jumelles légèrement inclinées, j'ai cru voir là l'incarnation même de l'Ironie. Charles et François me souriaient de biais, comme s'ils se moquaient des simples d'esprit dont j'étais, armé d'un seul crâne pour comprendre le monde. Cet enfant que je découvrais en pleine santé, malgré son extraordinaire anomalie, avait sur nous l'avantage d'utiliser deux cerveaux parfaitement irrigués, calés dans des boîtes crâniennes relativement restreintes, mais adéquates. Il me fixait de ses quatre yeux vifs, deux gris, deux autres d'un beau brun noisette. Je ne savais comment lui faire face. Il me subjuguait comme s'il tentait d'exercer sur moi un pouvoir hypnotique. Puis l'un des deux (François je crois) se mit à rire de mon étonnement en salivant cependant que l'autre restait aussi sérieux qu'un pape. Je ne pus, sur le coup, m'empêcher de songer que cet enfant étrange deviendrait inévitablement un être qui nous éblouirait un jour. »

Le Dr Bonvouloir nous a toujours aimés. C'est pourquoi nous le citons volontiers. Il nous a toujours considérés comme plus exceptionnels que monstrueux. C'est même lui qui nous amena, lorsque nous eûmes trois ans, à notre premier bain de mer ! En caleçons de bain nous jouions au monstre sorti de l'océan ! Avec de l'écume et du varech sur les épaules !

30

On en parle encore sur les plages de la Nouvelle-Angleterre jusqu'à la fine pointe de Cape Cod. Ainsi naissent les mythes. Ceux qui ne nous avaient pas contemplés dans les vagues à marée basse nous ont imaginés.

Les femmes de ces hardis marins ont alors rapidement entrepris de piquer des courtepointes, les longs soirs d'hiver : un être humain couché sur le dos dont les têtes s'épanouissent comme des branchages vers les oreillers. Nous nous sommes retrouvés sur des douzaines de lits, montés en fils de soie. Nous devenions des jeux floraux aux teintes douces comme herbes sauvages. Le motif dit des « têtes jumelles » est apparu par la suite sur des meubles : dossiers de chaises, dessus d'armoires. Les artisans de la côte nous ont intégrés à leur artisanat. Deux ans plus tard nous fûmes invités, un soir de gala, au musée de Boston. Pendant que les connaisseurs, champagne californien à la main, admiraient les travaux d'aiguille, on nous mit des suces au bec et l'on nous coucha dans un lit à baldaquin sculpté à notre effigie. Vous connaissez certainement cette photographie célèbre (le directeur du musée est à quatre pattes et nous fait risette) publiée dans le magazine *Life*. On la vend aussi sous forme de carte postale, dans les gares d'autobus. Printed in USA.

C'est un pur hasard si le Dr Bonvouloir est devenu notre biographe officiel car ce n'est pas lui qui nous avait accouchés. Nos parents ne le connaissaient même pas. Ils ne le rencontrèrent pour la première fois que lorsque la direction de l'hôpital le fit mander

31

en tant que généticien. Il s'agissait de savoir qui, de notre père Alain-Auguste ou de notre mère Marie, avait été porteur d'un gène programmé de cette manière. Pour la science. Et la suite du monde. On était loin à cette époque des manipulations génétiques, des cellules artificielles et des clones instantanés. Un enfant à deux têtes méritait que l'on en compte les chromosomes et qu'on les soupèse. Nous étions matière à microscope. Des jumeaux peuvent naître de la fécondation simultanée d'un même œuf. Ou encore deux spermatozoïdes en goguette se payent chacun un ovule. Or nous étions tout autre chose. Il fallait qu'il y ait eu au départ un *projet* bicéphale. Le père des célèbres jumelles Dionne, disaient les ivrognes, avait, lui, au moment de la copulation, un hoquet carabiné. Ce qui expliquait tout. Notre père, par contre, nous avait engendrés dans des conditions absolument *classiques.* C'est ce que l'on nous a toujours raconté. Sauf pour le Black-out. Mais nous avons vérifié les dates : elles ne concordent pas, à notre avis. Papa a souvent aimé inventer des histoires et maman ne l'a jamais contredit. Il possède ce que François appelle un « tempérament de reporter ». Il entend par là une propension non pas à maquiller la vérité ou à mentir bassement, mais à produire de nouvelles réalités. Face à son dactylographe il se transforme profondément et tout se passe comme si les touches l'invitaient à changer les mots. Mais il ne l'admettra jamais.

Et puis il ne révèle pas facilement ses sources. Il fait de la rétention d'informations. Nous avons mis des années à lui arracher le détail de ses premières intimités. Alain-Auguste refusait de nous ouvrir ses carnets usés. Or nous voulions remonter le plus loin possible notre filière génétique.

Ainsi maman s'était déshabillée, nous a-t-il dit, dans la salle de bains de leur chambre de noces, à l'hôtel Taft. L'idée d'un voyage de noces à New York était d'elle. Couché sur le lit, fumant une Camel et feuilletant l'*Esquire* qu'il avait acheté dans le lobby, papa l'attendait en pyjama de coton vert pâle, liséré de vert foncé. Il faisait en ville près de cent degrés Fahrenheit. Le climatiseur de la chambre soufflait, derrière les rideaux de tulle, un air glacial qui imbibait les tissus. New York transpirait dans cette chaleur humide depuis une semaine déjà. Une telle vapeur enveloppait les gratte-ciel qu'ils étaient littéralement invisibles depuis les trottoirs. Seuls dans la nuit, les taxis couleur de pamplemousses mûrs semblaient rouler à l'aise sur l'asphalte surchauffé.

Avant de se mettre en vêtements de nuit maman et papa avaient vidé chacun deux verres de gin. Cette boisson, avait confié un confrère de travail à notre père, est parfois un puissant aphrodisiaque. Question de foi. François par exemple aime prendre régulièrement une gorgée de *Lianne bandée,* qu'il importe expressément des Antilles. Charles préfère le homard et l'ail. D'autres se glissent un clou de girofle dans l'anus. Enfin.

Évidemment nos parents (qui ne l'étaient pas encore, mais à en juger par la bosse sous le pyjama d'Alain-Auguste cela n'allait pas tarder) se regardèrent en silence un instant avant d'arracher avec fébrilité, en dix secondes, ce qu'ils avaient mis de longues minutes à revêtir. Nus comme des vermisseaux et au risque d'attraper la grippe, dans l'air refroidi, ils s'enlacèrent avec ardeur et plongèrent au lit. « Une anguille frétille », dit maman, sentant sur son ventre le sexe chaud et insistant de son partenaire. Un poisson ne peut rester longtemps hors de l'eau. Et c'est ainsi que Marie se retrouva, en quelques minutes, sous Alain-Auguste qui vint en elle. Sans crier gare. A cet instant suprême, racontent-ils, ils furent soudain tous deux plongés dans un silence profond et une noirceur totale. Ce fut le Black-out ! A grandeur d'État ! soutient Alain-Auguste. Comme si cette première étreinte avait provoqué par empathie une panne majeure des circuits électriques de la métropole américaine. Une force magnétique (la vulve et la verge comme des dynamos ?) aurait alors court-circuité, affirme-t-il, le murmure des climatiseurs, le cliquetis des ascenseurs, le ronron des congélateurs, le crachat des machines à glace, le bruit des automates de tout acabit, des cuisinières chaudes, des phonographes gueulants, des radios enjôleuses, des écrans de télévision hypnotiques, des projecteurs de cinéma dans les salles déjà noires, des juke-box à chansons populaires, des sécheuses à linge surchargées, des vibro-masseurs primitifs, des pompes à eau, à succion, à merde, des malaxeurs à soupe, des cafetières fumantes, des flippers lumineux, des aspirateurs bruyants, des rasoirs à lames rotatives, des fraises de dentiste enfoncées dans des molaires trop molles, des grille-pain automatiques, laissant douze millions de personnes des deux sexes et de tous les âges dans la noirceur la plus absolue que seuls les phares des voitures balayaient comme des torches de secouristes.

Quand nos parents revinrent à eux, des milliers de bougies éclairaient les fenêtres des gratte-ciel d'en face. Au loin les boutiques des quartiers pauvres flambaient. « Le pillage prenait des proportions alarmantes cependant que mon sexe, raconte Alain-Auguste, assumait des proportions plus modestes. » Quelques minutes plus tard, le temps de remonter un col et de s'orienter, nous étions conçus. Conçus.

« Il semblerait plutôt », écrivit le Dr Bonvouloir dans *la Vie double,* « que cette première expérience sexuelle fut si forte, et si longtemps désirée, que les jeunes mariés en perdirent du coup simultanément connaissance et virginité. On peut en effet douter sérieusement que ce couple ait été à l'origine de la panne. Les experts ont expliqué le Black-out par une surcharge des circuits due à la canicule. Nous avons toutes raisons de les croire. »

« Se peut-il par contre que Marie Lalonde et Alain-Auguste Papineau aient eu une rencontre inexpliquée avec un extraterrestre ? Qu'un Vénusien égaré à New York se soit glissé dans leur lit, sous les draps, invisible à leur yeux, mais présent comme Dieu en toute chose ? Que cet enfant qui leur est né soit mi-terrestre, mi-lunaire ? Le fils inattendu des galaxies ? Ce n'est certes pas à un homme de science de répondre dans ce cas. Nous abordons là les rivages du rêve et de l'imaginaire. En réalité, si nous nous confinons à notre propre domaine, après des analyses approfondies de leurs types sanguins, après une cytologie complète, une étude des interactions biochimiques de leurs glandes endocrines et de leur organe de reproduction, nous devons admettre n'avoir rien trouvé d'atypique. »

« De plus, l'ovule et les spermatozoïdes étudiés ont été recueillis par nos soins... », précise le Dr Bonvouloir aux lecteurs des années cinquante que cela pouvait alors choquer, « *sans attenter à la morale* car l'ovule fut prélevé in vivo lorsqu'il entreprit son périple fallopien et sans qu'il y ait eu d'insémination récente ; de même les spermes recueillis par la suite venaient d'un trop-plein obtenu du sujet qui copula dans notre laboratoire même (sur une civière de toile rugueuse, ce qui sembla l'exciter passablement) et dans une capote anglaise trouée que le père nous remit immédiatement... »

« ... Nous sommes donc en mesure d'affirmer », poursuivait en fin de chapitre le médecin, « que M. Alain-Auguste Papineau et son épouse Marie Lalonde sont constitués normalement et que leur physiologie est en tout point conforme aux descriptions des meilleurs manuels. »

« La conception d'un enfant bicéphale par ce couple canadien-français catholique ne peut être que le fruit d'un hasard ou l'expression inattendue d'un somatisme. J'inclinerais personnellement, avec prudence, pour cette dernière hypothèse. Ce n'est pas plus idiot que de diviser les caractères suivant la position des astres », ajoutait-il. Cette théorie prenait en considération le caractère « sur-affirmatif » (de cochon) des époux Papineau. Leurs gènes s'étaient battus pied à pied, par paires. Mais dans ce cas-ci aucun ne céda jamais un millimètre de terrain. « C'est dire que la rencontre, dans la nuit totale de la matrice, du sperme fécond et de l'ovule disponible fut l'occasion, à une échelle microscopique, d'une double charge de cavalerie. » Le combat se termina, puisque en toute chose aucun des deux n'a jamais voulu céder, de la manière que l'on sait. « L'embryon à deux têtes assumait dès cet instant comme être réel, physique, autonome et métaphorique à la fois le caractère des parents. »

Depuis cette nuit fatidique Alain-Auguste et Marie n'ont plus jamais fait l'amour dans le noir. Ils ont installé, au plafond de leur chambre à coucher, des projecteurs de théâtre dirigés vers le lit. Ils peuvent en varier l'intensité et même ajouter des filtres de couleur. Ils veulent savoir ce qu'ils mettent en scène. (Nous avons convenu de ne pas transcrire ici le jeu de mots qui vient de traverser l'esprit de François. Lui-même admet qu'il n'est pas très drôle, même s'il le qualifie de nécessaire.) Notre sœur unicéphale, Bébée, a été ainsi entreprise, comme dit papa, « les fesses au chaud, le poil roussi, les yeux grands ouverts ! » L'idée du lit pensé comme lieu théâtral aurait-il assuré une progéniture sans surprise ? Nous ne le saurons jamais.

Parce que Bébée lui ressemblait, et que ses gènes l'avaient emporté dans le deuxième round, maman,

37

comme des milliers de femmes de son âge, choisit, quand la *révolution tranquille* le permit, et dans l'ordre, la pilule anti-conceptionnelle, une profession qui l'amena hors du foyer, puis la ligature des trompes. Avec une volonté d'acier elle se mit aux mathématiques, réservant toute sa tendresse pour les binômes. Puis elle se passionna rapidement de travaux électroniques. N'était-ce pas elle qui réparait le grille-pain à la maison ? Qui remettait en marche les moteurs en panne ? La libération de maman passait cependant par notre solitude. Elle ne voulait plus jamais, disait-elle, porter un enfant. Bébée lui ressemblait. Nous ne ressemblions à personne. Personne.

troisièmement

En mille neuf cent cinquante-cinq, avant le premier mai de cette année-là, et les douleurs de l'accouchement, personne au monde ne *nous* attendait. Surtout pas l'obstétricien, un brave garçon un peu myope derrière une moustache mal taillée.

Il était deux heures du matin. Nous aurions pu choisir un autre moment, mais quand on décide de naître on a rarement l'occasion de jeter auparavant un coup d'œil à l'horloge grand-père. C'est donc les yeux ensablés de sommeil, la bouche ouverte de stupeur et le cœur battant que l'accoucheur et les deux infirmières virent apparaître notre première petite tête suivie de son écho. Nous ne savons, à cette heure, si c'est Charles ou François qui le premier vit le jour électrique qui baignait la salle. Mais dès que nous sommes apparus l'une des deux infirmières fut saisie d'un fou rire aigu. L'autre jeune femme, et le médecin pardessus le marché, se virent plutôt paralysés par la frayeur. Cloués sur place. Comme des mannequins en vitrine. Ils nous offraient les masques de la peur et du rire. Les accouchements sont des sacrés coups de

41

théâtre ! L'enfant déchire le rideau de chair et c'est la première ! Applaudissons.

Enfin. L'accoucheur en avait avec nous plein les mains. Parce qu'il pratiquait dans une institution catholique, et que l'Église en ces années-là veillait sur tout, le Dr Pilotte tout de go pensa appeler à son secours l'aumônier. Ses paroles (les premiers mots que nous entendîmes !) authentiques et historiques furent simples : « Au secours, monsieur l'abbé ! » cria donc l'accoucheur dans le grand corridor vide à cette heure. Une clochette tinta au loin. L'abbé arriva précipitamment, arraché à son sommeil, la soutane au vent, prêt à administrer les derniers sacrements. Mais, quand il vit cet enfant qui gigotait devant lui comme un morceau de cauchemar, il ne put y croire. Mystère ? Miracle ? Supercherie ? Pendant de longues minutes l'élite canadienne-française — médecin et curé — nous contempla dans un silence incrédule.

— Madame », dit enfin l'abbé, sentant que le discours lui revenait, se raclant la gorge, « Dieu... », ajouta-t-il en regardant la parturiente encore étourdie par l'effort, « ... voulez-vous que nous priions ensemble pour le salut de cet enfant ? !

— Que racontez-vous ? Est-il mort ? Que se passe-t-il ? cria notre mère dans son français du dimanche.

— Non bien sûr, calmez-vous, répondit l'aumônier de l'hôpital, il vit, il respire, il pleure même, vous l'entendez ?

Nous étions à donner une démonstration en stéréophonie.

« Mais..., ajouta l'abbé qui cherchait ses mots, ... il, il n'a pas la tête de tout le monde !

— C'est mon enfant ! lança maman, montrez-moi mon enfant !

Marie Lalonde avait, chez les ursulines, joué Phèdre, Andromaque et Aurore. Elle savait faire vibrer les cordes sensibles.

— Voilà ! fit alors le médecin en nous soulevant par les fesses...

François apparut la tête recouverte de duvet. Charles était né avec une dent à la mâchoire inférieure, le crâne nu. Nous étions objectivement et effectivement horribles, ratatinés, les yeux plissés à cause des projecteurs, nos petits nez comme des boutons de bottine au milieu d'un parchemin froissé. L'aumônier avait reculé d'un pas et s'était tu, la tête légèrement inclinée, humilié parce qu'il ne disposait d'aucune prière adéquate. « Quand on pense qu'il existe », se disait-il in petto, « des prières pour les infirmes, des exorcismes pour les possédés du démon, des suppliques pour les objets perdus, des invocations pour bénir les ponts et chaussées, des cérémonies de relevailles et des baptêmes pour les pygmées, mais pas un seul de nos pères n'a prévu le doublé ! Devrais-je réciter deux fois la même incantation ? » Notre mère s'était soulevée sur un bras et nous contemplait gravement, puis, avec des larmes de fierté dans les yeux, s'écria :

— C'est incroyable ! Fantastique ! Merveilleux ! Ah Alain-Auguste ! Nous avons fait d'un ovaire deux coups !

Cette fois-là les deux infirmières qui se tenaient par la main pouffèrent d'un même rire. Le Dr Pilotte, pour être gentil, demanda à maman si, à son avis, nous ressemblions un peu à notre père.

— Celui-là oui, fit-elle, l'autre c'est plutôt moi !

Puis elle s'endormit. C'est épuisant un double accouchement. Le médecin se précipita dans son bureau avaler un double cognac. L'aumônier partit se recoucher, sans avoir boutonné sa soutane, se demandant au fait si nous avions une ou deux âmes. Nous étions encore fragiles, la traversée du col de l'utérus est un dur labeur, nous étions épuisés, nous battions l'air comme des poissons rouges renversés sur un tapis. Les infirmières nous mirent dans un incubateur en verre et aluminum. La cabine avait des allures de sous-marin. Nous plongeâmes tous les deux, à notre tour, dans un profond sommeil.

La première visite que nous fit papa... on ne s'en souvient pas. Nos premiers souvenirs vifs remontent à trois ou quatre jours après notre naissance. En fait dès le quatre ou cinq mai nous avions doublement conscience de ce qui nous entourait, sans savoir à l'époque qui — de Charles ou de François — enregistrait tel ou tel événement, car nous ne nous étions pas encore spécialisés. Spécialisés.

Notre naissance avait été largement annoncée dans la presse, et l'hôpital n'avait osé refuser l'entrée à la marée humaine qui déferla à l'heure des visites. Au fond les religieuses étaient ravies. Elles mettaient le peuple en rangs entre des pots de fleurs et des crucifix.

Il n'y avait pas grand-chose à faire en l'an mille neuf cent cinquante-cinq (1955), à Montréal, PQ. C'était vraiment la *province*.

Les curieux firent la queue comme au cinéma. Près de notre scaphandre une infirmière-chef montait la garde. Les foules sont souvent bêtes. Il y a des zigotos qui voulaient nous toucher ! Leurs gros doigts gras s'écrasaient sur la vitre du sous-marin. Grâce à cette engeance, dans les musées, les seins et les fesses des statues de marbre brillent partout comme des œufs.

Pour un peu ils auraient confondu nos têtes avec des reliques sacrées ! Ils défilaient des heures durant comme autant de sorcières. Ils étaient vieux et laids. Ils puaient le tabac. On entendait des rires nerveux, des soupirs stupides, des : « Regarde ! Regarde ! Tabarnac as-tu vu ça ! Calvaire qu'y sont laids ! Mouman j' vas faire une photo ! »... un flash nous éblouissait. L'infirmière-chef chassait l'intrus. Inutile ! D'autres *morons* se penchaient sur nous. Des milliers de *morons* unicéphales. C'est papa qui, en quelque sorte, avait ouvert le bal.

Alain-Auguste Papineau à cette époque travaillait déjà au journal *la Presse* où il était affecté aux faits divers. Il signait une chronique quotidienne de son surnom « A.A. » pour Alain-Auguste. C'était un surnom affectueux, une abréviation dont il avait hérité au temps du collège, quand il jouait centre-gauche au hockey. « Vas-y A.A. ! » criait-on sur le bord des bandes. Il en avait fait une marque de commerce, si l'on peut dire. Enfin ! La portière de sa voiture est estampillée « A.A. », ses chemises sont brodées à ses initiales. Sur sa cheminée, dans le salon, est accroché un fer à bouvillon. C'est un cadeau de Marie Lalonde. De temps à autre, quand il allume quelques bûches, il le glisse dans le feu. Lorsque le fer est rouge il s'en empare (les mains enveloppées de linge à vaisselle) et marque les boiseries, ici et là. « A.A. » Le vernis grésille. Il a toujours aimé laisser sa marque sur toute chose.

A notre naissance Alain-Auguste nous épargna le fer rouge, il se contenta de pratiquer son métier de journaliste. Il aurait pu demander à un collègue de le remplacer. Il n'en fit rien. Nous étions un fait divers en or, il mit ses émotions de côté, dans le tiroir de gauche, et plongea avec une belle objectivité profes-sionnelle sur le clavier de son dactylographe Underwood. Il intitula son articulet : « Fait divers ou fait divin ? » et celui-ci fut publié — exceptionnelle-ment — en première page de *la Presse,* le deux (2) mai mille neuf cent cinquante-cinq (1955). Nous citons :

« A Montréal, hier, une jeune femme a accouché d'un enfant bicéphale vivant dont le père se porte bien. C'était son premier bébé. La mère de vingt-deux ans a déclaré à notre reporter : " J'espère qu'il saura au moins se servir de ses têtes ! " D'après le Dr Pi-lotte, qui assista la primipare, il n'y aurait qu'une chance sur un milliard de concevoir un bicéphale, et une sur deux milliards que ce soit un fils vivant. Aucun des ancêtres du côté de la mère ou du père n'eut jamais plus d'une tête à la fois.

» Au Centre de recherches en génétique l'on nous a répondu que cet enfant était impensable. Il faut croire que parfois la réalité fait rougir la théorie. Les deux têtes de ce même être semblent autonomes et l'aumônier de l'hôpital Notre-Dame s'est empressé, aujourd'hui, de solliciter de l'archevêché la permission d'administrer un double baptême. Pour l'instant les parents, un peu estomaqués, cherchent les noms qui conviendraient au nouveau-né. Ou doit-on écrire : " nouveau-nés " ? Cet enfant pose plusieurs problèmes, dont celui des accords grammaticaux.

» Verra-t-on, pour notre cité, cette naissance comme la marque du Destin ? Sommes-nous face à un fait divers ou n'est-ce pas plutôt, remercions le Créateur, *un fait divin ?* Cela placerait le signataire de ces lignes dans la foulée d'Abraham et de Jacob, serviteurs du Très-Haut. »

Et c'était signé : « A.A. »

Ému par les ventes exceptionnelles du journal, le directeur de *la Presse* accorda à Alain-Auguste deux jours de congé de paternité. Cela créait un précédent qu'exploiterait un jour le syndicat. Les Unions sont sans scrupules. Dans la salle de rédaction notre naissance provoqua de plus des blagues qui n'étaient pas toutes drôles. Plusieurs confrères signalèrent au jeune reporter qu'il aurait dû suivre des cours de préparation au mariage. Que ce n'est pas de sa tête dont il faut se servir, mais de ce que vous savez. Enfin. De son côté maman était débordée de boîtes d'échantillons que les compagnies de produits pour bébés font habituellement parvenir aux nouveaux parents. Purées miniatures. Cotons absorbants. Couches en papier. Conseils de puériculture. Décalques d'ani-

47

maux. Lait en poudre. Tétines. Le tout en double, naturellement. Mais ces colifichets ne l'intéressaient guère. Seule, dans sa chambre sombre, elle réfléchissait à ce drôle de garçon qu'elle avait enfanté. Elle s'assoupissait, rêvassait, vivait un bref cauchemar, se réveillait en sueur et se prenait les tempes entre les mains.

Or, plus elle songeait à la situation baroque dans laquelle ses fils la plaçaient, plus se dessinait sur son visage ovale un air narquois et triomphateur. Jamais Marie Lalonde n'avait aimé faire *comme* les autres.

« Je suis indiscutablement », déclara-t-elle à notre père, « une épouse distinguée. Je ne fais rien de banal, tu apprécieras. » « A.A. » appréciait. Le public aussi. Le trois mai mille neuf cent cinquante-cinq, *la Presse* fut littéralement inondée de lettres en réaction à l'article de notre père. Les uns offraient de nous adopter, et de nous rendre heureux comme au cirque, les autres envoyaient de l'argent, des images pieuses, des prières, des vêtements, de petites robes de nuit cousues par deux, avec un énorme trou pour y passer plus facilement nos têtes, et des jouets à bon marché avec lesquels on aurait pu s'étouffer.

Par contre un plus grand nombre encore se contentait de commentaires, espérant les voir publier. Les lettres aux journaux en disent long sur l'idéologie. Nous en citerons trois, pour mémoire. De G. O., le 3/5/55 :

« Monsieur le Directeur,

« Il faut voir la naissance des petits Papineau à la fois comme un avertissement et une bénédiction pour le Canada. Souvenez-vous des paroles de Notre-Dame de Fatima. Cette fois-ci Elle nous envoie un signe visible. Peuple canadien, cesse de pécher, fais pénitence, les Têtes te regardent ! »

Le même jour, deuxième colonne, André T. :

« (...) il nous semble évident que cet enfant difforme est le résultat néfaste des retombées nucléaires. Le strontium dans le lait menace aujourd'hui les plus innocents. Nous avons fait de l'herbe des prés un poison virulent. Il faut exiger des gouvernements que cesse immédiatement toute explosion atomique. La survie de l'espèce est à ce prix. Aujourd'hui c'est un enfant à deux têtes, demain ce sera une fillette sans jambes ou des bébés à vingt doigts. »

Cela dura plusieurs semaines. De F. R., de Québec :

« La terre tremblera, le feu et le sang sont proches, nous devons nous préparer à la fin du monde. Cet enfant bicéphale sera notre guide. Monsieur Papineau, vous êtes le seul qui pouvez nous aider à sauver le monde. Déjà j'entends les sauterelles qui quittent l'Égypte, elles dévoreront tout sur leur passage. Les astres se précipiteront sur notre planète... » (le 10/6/55).

C'était lourd ! L'encens embaumait plus l'atmosphère, ce printemps-là, que les fleurs de pommiers. La vie se terrait à l'ombre des clochers. Des mères émues écrivaient à la nôtre pour lui souhaiter bon courage et lui rappeler que toute épreuve permet de s'approcher de Dieu. Maman ne croyait à rien. Papa allait encore à l'église. Pour la majorité nous dégagions des odeurs de soufre, nous appartenions à Belzébuth.

Il fallait — malgré les protestations de maman — vite nous porter sur les fonts baptismaux pour exorciser Satan, ses œuvres, ses pompes ! Dans la chapelle de l'hôpital, devant le cardinal-archevêque, le maire de la métropole, le représentant de Maurice Le Noblet-Duplessis, ainsi que d'autres notables qui s'étaient invités, l'aumônier dit en soufflant trois fois sur la tête à Charles et tout autant sur celle à François :

« Sors de cet enfant, esprit impur, et cède la place à l'Esprit-Saint, le Paraclet ! »

Or il se peut très bien que le Paraclet n'ait pas su vraiment par quelle bouche entrer ! Et que le démon n'ait pas trouvé par quel orifice s'évader. S'évader.

Mais, baptisés, vaccinés, identifiés, authentifiés, analysés, étudiés, tâtés et surveillés, nous ne pûmes pour autant quitter l'hôpital avec maman ! Il y avait toujours une bonne raison, un prétexte de choix, dont notre fragilité. De semaine en semaine nous sommes devenus imperceptiblement les Grands Prisonniers des Arts, de la Science et de la Nation. C'est à peine si nos géniteurs avaient accès, à heure fixe, à notre chevet. Nous fûmes sevrés trop tôt : plus tard Charles aurait une fixation sur les mamelons qu'il cherche partout du regard sous les blouses et les pull-overs. François se mettrait à fumer. Enfin.

Les médecins du conseil d'administration de l'hôpital Notre-Dame soutenaient qu'ils ne sauraient nous permettre de quitter l'Institution, seul lieu où tous les soins nécessaires pouvaient nous être prodigués. Au sortir de l'incubateur on nous avait donc douillettement installés dans une vaste pièce glaciale ornée de fougères empruntées au sanctuaire. Les fenêtres qui se découpaient dans les pierres grises donnaient sur une cour intérieure où se promenaient les pisseuses, trois fois par jour, récitant par paire des Ave. On brûlait aussi des cierges bénits, pour la beauté de nos âmes. C'est à cette époque que papa céda les droits sur les statuettes. Il ne savait plus où donner de la tête. Dans les années cinquante un journaliste gagnait à peine de quoi nourrir une bouche. Et voilà que nous en ouvrions deux.

Les administrateurs pour leur part ne perdaient pas leur temps. On organisa des colloques thématiques. Des visites d'étrangers. Il y eut la semaine des physiciens. Une délégation, au nom de M. Albert Einstein, vint voir de près une manifestation concrète de la loi des grands nombres. Elle laissa en échange trois feuilles de musique pour violon, de la main du Maître. « Probability, opus 2. » L'orchestre symphonique de Montréal l'a encore inscrite à son répertoire.

Il y eut la semaine de la poésie nationale. De la Poésie Nationale. Cependant qu'au son des tambours dans les rues de la métropole défilaient les chars allégoriques patriotiques, les lauréats d'un concours lancé par *la Presse* obtinrent la permission de nous réciter leurs vers tout un après-midi. Il s'agissait le plus souvent d'alexandrins dont les strophes chantaient la gloire d'un peuple jeune encore et capable de prodiges. Tête rimait avec fête. Charles et François avec joie. Berceau avec flambeau. Le poème le plus réussi, dans lequel nous frôlions la mort pour défendre la patrie, fut inscrit l'automne suivant au programme des classes primaires. Il s'intitulait « Quitte ou double ».

Mais il y avait trop de fées autour de notre ber. Nous en étions éberlués. Il y eut une Visite des Acteurs. Les grands noms en spectacle cette semaine-là à Broadway nolisèrent un DC-8. « Two-headed boy a New York gift to Montreal », disait la manchette du *Times*. Le syndicat des comédiens prit sur lui de remplacer sur son emblème les masques du rire et des pleurs par nos vilaines petites têtes. Charles représentant la tragédie.

Glen Ford et Spike Jones nous laissèrent leur autographe. L'Album des visiteurs célèbres, une idée de « A.A. », est aujourd'hui au musée ethnographique de Londres. Vous pouvez le consulter. On y peut aussi voir notre premier lit. Notre premier drap mouillé. Ainsi qu'une superbe photographie en couleurs, sur papier glacé, de notre première tétée. Évidemment nous fûmes le seul enfant sur terre qui justifia pleinement qu'une mère eût deux seins.

Quand il n'y avait pas de visites officielles, les représentants du corps médical défilaient devant notre couche comme des enfants au comptoir des confiseries. Il y eut des journalistes. Des hommes publics. On nous transformait en fétiches. La sœur économe s'enrichissait. L'été avançait. Nous ne nous appartenions plus.

Marie et Alain-Auguste devinrent agressifs. On voulut les traîner devant les tribunaux, pour leur retirer la garde de l' « enfant-monstre », comme s'ils étaient « de moralité douteuse ». En réalité nous étions devenus une Entreprise. Il fut question à la Chambre des communes, à Ottawa, d'un timbre de deux sous à notre effigie. Nous connaissions tout des combats juridiques entre l'hôpital et nos parents. « A.A. » se faisait un devoir, à chaque visite, de nous lire les comptes rendus des journaux à haute voix. Vingt mois passèrent. D'une cour à l'autre, d'un juge à l'autre, personne n'osait statuer sur notre appartenance. Le Dr Bonvouloir prit notre défense. Il allait devenir notre biographe. Mais la Congrégation insistait lourdement. Il y eut des conciliabules. Le cardinal-archevêque convoqua dans son palais les autorités judiciaires et politiques. L'on but du porto derrière des portes capitonnées. Il fut convenu, pour affirmer les droits de l'autorité, d'interdire, le jour de notre deuxième anniversaire, la visite à nos parents. C'est alors que l'opinion publique se retourna subitement contre les sœurs hospitalières, avec la force de l'ouragan. Papa sentit le vent.

A cinq heures, le lendemain matin, pendant que la Congrégation assistait à la messe quotidienne et que le soleil commençait d'éblouir la nuit, maman, déguisée elle-même en religieuse, se glissa le long des corridors silencieux. « A.A. » assurait le guet dans le grand escalier. Elle monta jusqu'à nous, nous réveilla avec précaution, nous embrassa, nous annonça un kidnapping, nous emmaillota et, alourdie par ses jupes, redescendit vers la rue.

Quand « A.A. » la vit en sécurité sur le trottoir, il vida un de ses Colt dans la plaque en bois de rose de l'entrée principale où apparaissaient les noms dorés des Bienfaiteurs de l'Institution. Cela fit un bruit de tonnerre qui alla s'amplifiant jusqu'à la voûte de la chapelle. Figées dans l'encens, les servantes de Dieu baissèrent les yeux. Personne, pas même l'aumônier, n'insista pour nous rattraper. « A.A. » venait de déchirer son contrat avec l'Église.

Par prudence nous vécûmes cette année-là dans la nature, avec Bébée notre petite sœur, née entre-temps. Et puis Alain-Auguste ne voulait plus voir un seul journaliste à l'horizon ! Quand ceux-ci avaient découvert que Marie Lalonde était à nouveau enceinte, ils en avaient profité pour lancer le Grand Concours du Bicéphale. Ils avaient annoncé un prix grandiose, à l'occasion du premier congrès mondial des jumeaux d'origine, à celle ou celui qui prédirait le sexe du prochain monstre. Or la déception publique fut si grande de voir Bébée ne passer qu'une tête humaine par l'utérus maternel qu'elle en fut elle-même attristée pendant des semaines. Inconsolable. L'univers entier aurait souhaité qu'elle retournât jouer dans son plasma. Que faire ?

« A.A. » n'en voulait pas à ses collègues mais il

nous fallait retrouver la paix et réinventer notre famille. Nous devions faire plus ample connaissance. Papa choisit alors, avec son instinct de survie, la mobilité.

quatrièmement

Alain-Auguste avait acheté, grâce aux droits sur les statuettes, un gros camion Dodge, rouge feu et nickel miroitant. Dans la boîte arrière il aménagea des hamacs et une cuisinette. Les huissiers pouvaient toujours courir. Nous n'étions jamais à la même adresse.

Toutes les nuits il parcourait Montréal à petite allure, s'arrêtant ici et là devant un club, cependant que nous dormions sous les bâches du camion. Il tenait la chronique artistique (musique, chant, danse, théâtre, variétés) et rentrait au petit matin écrire son article à *la Presse*. Le roulis du véhicule nous endormait chaque fois rapidement. Bébée gazouillait quelque peu, ou parfois Charles réclamait une histoire. Perrault, Dickens, Melville, Anderson, la Bibliothèque rose et la bleue y passèrent. Maman lisait à toute vitesse comme conduisait « A.A. » sur les boulevards. L'éducation au pétrole. La lampe, accrochée au plafond de toile, projetait un cône chaleureux. François aimait les odeurs qui variaient à l'infini suivant les quartiers. Il jouait à deviner les lieux où nous nous

59

arrêtions. Mais nos têtes inévitablement retombaient sur l'oreiller moelleux à un moment ou à l'autre du récit. Merlin avait encore plein de travaux par-devers lui. Papa aussi. Il était au théâtre, le rideau se levait habituellement sur le deuxième acte quand nos paupières se fermaient. Maman allait alors rejoindre son journaliste préféré. Le camion restait à l'abri, dans une ruelle, derrière un hangar. A la fin du spectacle Alain-Auguste se penchait vers Marie pour échanger des impressions. C'était elle, en réalité, le Critique tant craint.

Le jour, pour notre santé, « A.A. » stationnait Phébus (la Dodge) dans le parking du jardin botanique. Là nous pouvions courir, herboriser, nous perdre dans les pins, François apprenait le nom des fleurs, Charles leurs odeurs, et Bébée ravie se traînait dans le sable à la poursuite des fourmis. Elle voulait empêcher que quiconque les écrase du pied. Maman faisait la sieste au milieu de la journée. « A.A. » le plus souvent souffrait d'insomnies.

Au fond papa a toujours été comme du papier recouvert de sel d'argent. Impressionnable. Trop. Il a toujours été fragile. Cow-boy au cœur sensible, il souffre avec tous les exploités et tous les torturés de la terre. A l'époque, il avait mal aux Nègres, aux Indiens, aujourd'hui aux Cambodgiens, aux Palestiniens... C'est une souffrance qui n'a jamais de fin. Il ne dormait pas. Ni le jour ni la nuit. Il songeait aux enfants du Brésil qui recevaient des bonbons à l'arsenic les jours de fête. Cadeaux de généreux spéculateurs... Le moindre conflit lui faisait craindre un massacre. Il notait dans son agenda, à la page de la mappemonde, les noms des tribus balayées. L'agence France-Presse tous les matins au journal télexait sa nécrologie. *Pataxo.* Rayés. *Tapaiuana,* une langue originale, trois cents membres d'une culture trop humaine. Disparus, dans la semaine. Napalm, vérole, fléchettes.

Un matin où maman s'inquiétait de ses insomnies, il avait les yeux cernés comme s'il portait un masque africain, « A.A. » nous amena, Bébée dans ses bras, jusque dans la grande serre du jardin botanique derrière l'édifice principal. Là, au cœur des plantes tropicales, où une lueur tamisée pénétrait à peine jusqu'au sol, chaque palme comme une persienne retenait les rayons du soleil. Dans la tiédeur humide de la serre qui sentait bon la tourbe mouillée, papa, pour la première fois, nous parla de ses angoisses. Nous étions tout petits et nous serrions nos minuscules têtes contre ses genoux. Il nous raconta l'Amazonie, le poumon de notre monde dont la forêt produit plus de la moitié de l'oxygène terrestre. Il dit les chasses sauvages d'Afrique, la mort des éléphants dont l'ivoire enrichit les banquiers d'Asie, l'agonie des rhinocéros dont la corne sert à des mixtures de virilité. Nous ne comprenions pas tout. Il décrivit les plages où l'on s'empare de tortues géantes qui se vendent, empaillées, aux touristes des Caraïbes.

Maman avait les yeux humides. Elle disait : « Alain-Auguste tu ne peux pas tout assumer ! Tu rédiges une chronique de spectacle. Tu n'as jamais quitté ton île... » Mais elle savait que « A.A. » souffrait de solidarité planétaire. Un sacré virus.

Assis sur une pierre, il a voulu nous montrer les images qui l'empêchaient de fermer les yeux. Nous nous attendions à des photographies d'horreurs. A des enfants déchiquetés par des bulldozers. A des villages de mineurs incendiés. Du sang. Des fleuves de sang. Or les photographies au contraire étaient plutôt calmes. Chaque personnage y semblait étonnamment figé. Un joueur de flûte, une jambe en l'air. Inoffensif. Condamné. Une scierie sur des radeaux, remontant l'Amazone. Il avait pris ces clichés au journal, sur le pupitre du service international. Il les gardait dans une caisse verte, à bord du camion, notre maison. Il n'avait pas besoin d'images sensationnelles pour pleurer.

Nous avons eu une enfance heureuse, consciente des désastres qui éclataient ailleurs. Fils de journaliste. Charles à ce sujet ressemble plus au paternel que François. Il est persuadé que la race humaine va bientôt détruire sa planète. Il est devenu peu à peu renfrogné, comme un vieux poney. François s'inquiète moins. Il dit que si nous devons tous sauter en l'air, comme des chandelles romaines, par un beau soir de juillet, il désire en être. C'est un expansif. Il rêve d'une famille nombreuse, souhaite des rejetons de sa bouture. Il veut remplir les estrades de ses enfants vivants pour regarder exploser la planète dans un grondement terrible. Charles a décidé de se faire stériliser. Or si nous avons deux têtes nous n'avons que deux couilles. En condominium.

« Pensons-y! » dit souvent François à Charles, « imagine que nous sommes des mutants. Nous pourrions nous trouver, avec nos doubles gènes, à l'origine d'une espèce nouvelle qui permettrait à l'homme de survivre! A deux têtes, si on ne vit pas plus longtemps, au moins vit-on plus intensément! On pense plus, on voit plus, on rêve plus encore, on double les capacités philosophiques de l'humanité. Chaque enfant mutant serait un poète doublé d'un homme d'affaires!... »

Mais Charles est buté. Il ne répond pas plus qu'un abonné absent. Un jour il était si morose, si triste, tellement perdu dans l'Absurde que François suggéra, nous avions 18 ans, que nous devenions astronautes! Que l'on aille s'éclater dans la Voie lactée! Que l'on se noie dans les constellations! Il était sérieux. Nous avons écrit à la NASA qui nous a répondu. Les Américains, Charles a raison, sont effectivement polis et efficaces. Ils nous ont refusés. Pas question de nous inclure dans leurs équipes de viandes blanches sélectionnées estampillées « catégorie A, premier choix ». Enfin.

« Vous avez déjà des allures d'extraterrestres, pourquoi donc vouloir vous précipiter dans l'espace? » demandait solennellement le colonel Roy Cook dans une longue missive dactylographiée sur papier recyclé. A son avis, si nous allions un jour mettre pied sur Vénus ou Io et y rencontrer des êtres vivants, nous projetterions alors une image tronquée de l'espèce humaine, ce qui fausserait les rapports avec les extraterrestres. Amen. Nous n'avons pas donné suite. Nous sommes revenus sur terre. Mais ça ne va pas nécessairement mieux pour autant.

*

— Pendant que tu dormais j'ai relu notre texte, dit Charles, nous avons une fâcheuse tendance à nous épancher.

— Ça pourrait s'intituler, suggère François, l'épanchement de synovie.

— Tu ne prends jamais rien au sérieux, dit Charles.

— Mais si. Tu le sais bien. Mais ce n'est pas grave si on déborde parfois ici et là.

— Je déteste le mélo, soupira Charles.

— Je n'aime que ça, dit François.

— Est-ce qu'on ne pourrait pas, reprend Charles, chacun écrire notre version de l'aventure ?

— Et ce serait imprimé en caractères différents ? Toi en italique et moi en romain ? En alternance ? Un journal à deux voix ?

— Exactement, répondit Charles.

— C'est ridicule, dit François. Nous serions au théâtre. Tu ferais un bilan noir de notre vie, je la peindrais en néon. Tu chanterais les vertus de la solitude, je crierais pour deux. Ce n'est pas ce qui est important. L'essentiel, crois-moi, c'est d'être confrontés dans la même phrase jusqu'à la phase finale.

— Les lecteurs ne sauront jamais qui nous sommes vraiment, dit Charles.

— Tu n'es déjà plus avec moi, répondit tristement François.

— Je te demande pardon, fit Charles, il fallait que nous en parlions. Nous le ferons à deux, si tu insistes. Sans coups bas. Nos quatre yeux ouverts. Mots à mots.

*

Lundi dernier nous sommes allés dîner chez Alain-Auguste et Marie. Nous voulions discuter du Dr Northridge et de ses propositions. Enfin. C'est une façon de dire les choses. D'abord parce que Charles bougonnait depuis une semaine et ne proférait que des onomatopées. Han, Han. Ensuite parce que « A.A. » n'écoute jamais vraiment ce qu'on lui dit. Il monologue tout le temps. Il est la preuve vivante de la théorie des psychologues du bonheur : il ne s'exprime pas pour dire quelque chose, il décèle ce qu'il avait à dire en le proférant. Il ajoute qu'être journaliste dix heures par jour lui suffit. Dans son métier il ne peut se permettre de penser. Il cueille, il formule, il retransmet. Il aurait tout aussi bien pu être plombier. Alors, quand il n'est pas au travail, il se venge.

« Quand je pense », avoue-t-il, « je ne sais pas ce que je vais dire. Je le découvre avec vous au fur et à mesure. »

C'est pourquoi, si l'on veut intervenir dans la conversation, alors qu'il file de découverte en découverte, il vaut mieux en profiter quand il avale une bouchée, lorsqu'il se mouche ou s'il se lave les dents.

Il faut le saisir dans un moment de faiblesse verbale, comme on attrape un poisson avec un trident. Le prendre bouche bée.

Nous sommes restés très proches de nos parents. Et vice versa. Au fond, qui d'autre pouvait nous accepter comme nous étions ? C'est pourquoi nous nous permettons souvent de nous amener chez eux à l'improviste. On ne les dérange jamais. Ils ont toujours quelqu'un à dîner. Ce peut être un confrère de travail de maman qui est dans les ordinateurs, ou bien encore Superman, Rimbaud ou Don Quichotte. Ça n'a pas d'importance. On ne s'ennuie pas souvent dans leur appartement à Outremont. Ils habitent le *square mile* des intellectuels. Les taxes y sont élevées et les conversations tout autant. Ça se fréquente beaucoup entre travailleurs de l'information et communicateurs de grands chemins. « A.A. » possède une discothèque qui occupe deux pans de murs. Il commence par prendre le vent, sent l'atmosphère et puis la met en musique. Ce soir-là il y avait quelques amis qui s'étaient réunis pour regarder en fin de soirée l'émission annuelle de l'Academy Award. Maman ne va pas à la messe, mais elle est restée attachée à certains rites. La soirée des prix hollywoodiens remplace la Fête-Dieu. Les notes de George Gershwin coulaient des haut-parleurs. Maman était ravie. De temps à autre elle se trémoussait même aux accords d'un piano qui évoquait pour elle Fred Astair. Chacun vit dans son univers comme dans un casque de moto rabattu. Chez les intellectuels c'est encore plus évident après quelques verres de scotch. A notre arrivée ils parlaient

déjà tous en même temps dans le grand salon bleu, et
« A.A. », son chapeau de cuir sur les yeux, discourait
déjà plus fort qu'eux. Chacun réglait le sort du monde
comme d'autres scribouillent sur du papier à musique,
cherchant une harmonie. Il y avait là surtout des
journalistes et quelques fonctionnaires avec leurs
amies comme des bouquets de fleurs.

Ils se sont tous levés pour nous donner la main ou
nous embrasser. La première fois les jeunes femmes
ne savent si c'est sur deux joues qu'on nous embrasse,
ou sur les quatre. Et puis ce doit être intimidant ces
deux têtes qui vous regardent avec des allures de
corbeaux anxieux. Guignol. François grimaça,
Charles onomatopa. Hihan. Mais ils nous ont bien
reçus.

Nous voulions profiter du moment du dîner pour
annoncer notre décision. « A.A. » était face à nous,
Marie Lalonde à nos côtés, les invités répandus au
hasard, un homme, une compagne. Maman avait
préparé des cailles aux raisins et à la crème. Elle est
aussi bonne cuisinière qu'elle est belle. Avant le
dessert, entre deux bouchées de roquefort et un
dernier verre de bordeaux, Charles, qui était resté du
côté des carpes jusque-là, lança à la ronde :

— Hahem. Nous avons une grande nouvelle à vous
annoncer...

Maman du coup nous jeta un regard angoissé. Papa
se raidit. Les invités n'étaient que curieux ou polis ; les
journalistes sont sans passions.

— Vous retournez à l'université ! » fit papa. La
table s'esclaffa car il est de notoriété publique que

nous avions déjà chacun plein de diplômes inutiles.

— Vous... allez vous marier ? » fit maman. Elle pensait aux confidences de François certainement. La tablée retint son souffle. On entendit la pluie qui commençait de tomber en tambourinant sur le toit.

— Il n'en est pas question ! répondit Charles faisant grimacer François. Ce n'est certainement pas à nous de perpétuer l'humanité ! On en a déjà assez discuté. Au contraire je me considère comme un point final dans une aventure qui a suffisamment duré.

— Ce n'est pas simple », dit François, et nous avons simultanément porté nos coupes à nos lèvres, le vin était bon, puis il ajouta : « nous ne savons plus vivre côte à côte, voilà.

— On se gêne, dit Charles, et nous en avons assez de partager le même territoire.

— Qu'est-ce qui vous prend ? » demanda « A.A. » comme s'il tombait du ciel. Un ange passa. Sexe indéterminé. Ni Charles ni François ne voulaient préciser. D'ailleurs nous ne savions pas vraiment ce qui nous arrivait depuis quelques mois.

— Nous avons rencontré, dit enfin Charles, un chirurgien, le Dr Gregory B. Northridge.

— Je le connais ? demanda « A.A. ».

— Je ne crois pas, répondit Charles, c'est un spécialiste de la Côte Ouest. Il a entendu parler de nous par les médias. Il nous offre une solution.

— Aujourd'hui les solutions viennent de l'Orient », dit un des invités, fonctionnaire et diplomate sûrement. Charles sourit avec condescendance.

68

François se resservit de vin avec prudence. Nous n'avons qu'un seul foie.

— Je refuse! » lança soudain maman qui avait compris d'instinct. Nous savions bien l'un et l'autre que jamais maman ne nous permettrait de tenter l'expérience du « deux dans un ». Quoi qu'on lui raconte. Nous sommes *ses* fils.

— Je vous ai donné la vie comme vous êtes, vous resterez ainsi. Il n'est pas question de vous couper en deux comme un citron!

— Mais non, maman…, dit Charles.

— Laisse-moi terminer! lui répondit-elle. Même si l'on me jurait qu'une transplantation est possible, il n'est pas question que j'accepte. Je ne veux pas voir l'une de vos têtes sur le corps d'un étranger. Votre père vous a plantés, il n'est pas question de vous transplanter.

— C'est tout autre chose, intervint François. Le Dr Northridge va nous *amalgamer*…

— C'est banal », répondit maman avec un soupir, jetant un coup d'œil à la ronde. La table était entourée de têtes banales, comme on en voit tous les jours au petit écran. Nous dûmes en convenir.

— Hamalgham! lança « A.A. » avec un faux véritable accent allemand. Ein Kultur, ein nation, ein head, Ein Führer! Ya?!

Les invités ne savaient plus s'ils devaient rire, se retirer ou participer au débat. Ils se contentèrent de faire circuler, de main à main, le plateau de fromage. Marie ajouta comme pour elle-même :

— Je ne vous ai pas soignés et bichonnés pendant

toutes ces années pour vous voir choisir la mort à vingt-cinq ans.

— Mais qui parle de mourir ! » lança Charles un peu excédé, et comme s'il quittait sa torpeur des derniers jours, « il ne s'agit pas de rendre l'âme, il s'agit de renaître. De devenir celui que nous aurions dû être. Le Dr Northridge va nous doter d'une nouvelle personnalité, mais ce sera toujours *nous ;* l'hémisphère droit de François et mon hémisphère gauche formeront notre nouveau cerveau. Moitié, moitié.

— Comme ton dessert à l'ananas, dit François.

— Au nouveau-né ! fit Charles en levant son verre.

Personne ne suivit. Les journalistes commençaient à se sentir mal à l'aise dans leur peau. Les ennuis de familles embêtent toujours les journalistes. Même que la plupart préfèrent divorcer plutôt que de faire face aux ennuis domestiques. C'est qu'ils ont l'habitude des Grands Problèmes. De jouer au renard avec les hommes d'État. De refaire les cabinets ou de les vider. Mais contempler un infanticide au dessert leur coupait le sifflet, l'appétit et le plaisir du verbe.

— Eh bien moi je vous dis de décider vous-mêmes ! lança « A.A. ». Tout en vous rappelant que je suis terriblement heureux que vous soyez tous deux en vie... » Puis il se leva brusquement, tira un Colt d'un étui qui pendait à sa ceinture et fit feu dans le plafond lambrissé. C'est une habitude chez lui. Personne ne sursauta, seuls deux bouquets de fleurs lancèrent de petits cris, parce que, si elles avaient été prévenues, elles avaient oublié. Charles se versa un verre de blanc. François remplit le sien de rouge et ils trinquèrent.

« Mais surtout, ajouta papa, n'allez pas céder au syndrome du monde ordinaire.

Puis « A.A. » tourna le dos (pour cacher une larme ?), et se dirigea vers le salon. Les invités le suivirent en désordre.

— Nous avons gâché ton dîner ? » demanda Charles doucement à maman qui semblait perdue sur d'autres planètes, le regard fixe au-dessus des assiettes vides.

— Non », dit-elle. Puis elle partit à la cuisine où elle se mit à rincer la vaisselle, mettre de l'ordre, ranger les plats et récurer les casseroles avec beaucoup de bruit. Quand elle est en colère elle peut aussi bien décider de laver la maison de fond en comble ou repeindre les armoires. Nous avions, par notre performance, mérité tous les oscars de la soirée. Catégorie mélo avec effets spéciaux.

Les autres, dispersés dans le grand salon, se contentaient de siroter leur café et nous sourirent d'un air gêné. « A.A. » avait mis sur le phono son disque des grandes occasions, une mélopée (triste) qui raconte l'histoire d'un enfant parcourant à cheval une vallée brumeuse à la recherche de sa demeure perdue. C'est une chanson (paroles et musique) de Dippydou qui eut son heure de gloire. Nous en reparlerons.

« A.A. » se mit à battre la mesure d'un air distrait avec ses bottes de cuir ; il dansottait sur le plancher varathané recouvert ici et là de petits tapis tressés.

Habituellement, quand nous écoutons de la musique, et que nous marquons le rythme avec nos têtes, simultanément, c'est du plus bel effet. Mais ce soir-là nous étions à contretemps, désynchronisés, et nous devions ressembler à une horloge absurde.

— A quel âge avez-vous eu vos garçons ? demanda à papa l'ami du ministère.

— Vingt ans, répondit « A.A. » étonné de la question.

— C'était bien jeune...

— On choisit l'âge de faire des enfants suivant le temps que l'on est prêt à passer avec eux », répondit papa. Puis il nous regarda intensément : « Évidemment on ne pense jamais qu'ils peuvent mourir avant soi.

Charles entraîna François dans la nuit sur la galerie arrière. La pluie s'était transformée en une bruine fine. Nous fîmes les cent pas, indifférents à l'eau sur nos visages. Silencieux et songeurs, les bras derrière le dos.

— Nous n'obtiendrons jamais leur accord, dit Charles.

— Il faut les comprendre, répondit François. A leur place...

— Je ne serai jamais à leur place, intervint Charles rageur. Et je ne change pas d'idée.

François était moins sûr de lui maintenant, il n'avait aucun goût de se faire trucider, que ce soit pour la science ou pour des prunes.

— Je veux bien aller à l'hôpital, dit-il à Charles, subir des examens. Mais je retiens ma décision. Je veux que Gregory Northridge me précise les risques courus.

Autour de l'ampoule de 60 watts, au-dessus de la porte, des centaines de papillons s'agitaient. Se brûler les ailes. Briller. Nous en avions fait plus encore. Personne ne saura jamais les efforts de coordination que nous avons fournis avant de réussir simplement à mettre le pied droit devant le gauche et ainsi de suite. Il fallait qu'en une fraction de seconde l'ordre partît de nos cerveaux vers les jambes, les orteils, le talon. Car chacun de nous contrôle la moitié du corps, du côté opposé à sa tête. Seul le sexe dépend de nos deux cervelets à la fois. A la fois. « En réalité », comme l'a expliqué François à Northridge, « organisés comme nous le sommes, une simple masturbation demande une rencontre au sommet des volontés. »

Les fenêtres du salon projetaient sur le plancher de la galerie des rectangles lumineux et mous. Le vent avait chassé la pluie, et l'air doux était imprégné d'odeurs de terre.

— Tu te rappelles les Fontaine ? demanda François.

— Pourquoi me parles-tu d'eux maintenant ? fit Charles.

— Parce que j'aurais aimé solliciter leur avis, dit François, ils ont été, tu te souviens, nos premiers amis...

cinquièmement

Nous ne nous sommes sentis « *chez nous* », pendant longtemps, que dans la grande maison de la famille Fontaine. Les tours crénelées de leur demeure victorienne s'élevaient entre une vitrine sale, où gisait depuis longtemps un amoncellement de calculatrices usagées, et le hublot en trompe-l'œil d'une crêperie. De grosses lettres dorées, sur velours noir, vissées au-dessus d'une porte de chêne verni, annonçaient modestement : le Palais des nains !

Leur logis était ouvert aux passants curieux. La famille Fontaine (c'était leur nom véritable, il y avait des nains canadiens-français ! bien que l'on se demandât parfois s'ils n'étaient pas américains, avec ce talent fabuleux qu'ils déployaient pour le spectacle), le père nain, la mère naine et les enfants menus acceptaient comme allant de soi que l'hérédité leur avait joué un vilain tour. Ils gagnaient leur vie, impassibles, avec ce défaut de structure. Ils assumaient leur programme génétique.

La première fois que Marie Lalonde et Alain-Auguste nous amenèrent au Palais des nains, nous fûmes saisis d'un sentiment de viol : qu'avaient à faire là tous ces géants étrangers qui, pour vingt sous, bousculaient les minuscules meubles fabriqués sur mesure ? Les tableaux étaient accrochés à hauteur de hanche, les plafonds trop hauts écrasaient nos guides, et le pas lourd de nos parents évoquait celui des ogres de la forêt.

« C'est intéressant, non ? » disait maman qui pointait sa frimousse rousse dans tous les racoins. Bébée dormait dans le hamac du camion stationné tout à côté. Nous nous laissâmes traîner du salon lilliputien à la salle à manger minimale, puis la visite se poursuivit du côté des chambres où jouaient les enfants Fontaine qui nous regardèrent avec sympathie. Nous étions, sans aucun doute, plus monstrueux qu'eux. Nous n'avions pas encore appris à nous servir avec noblesse de nos deux têtes que nous trouvions très lourdes à porter, à mesure qu'avançait la journée.

Mme Fontaine nous invita à revenir. Nous prîmes goût à ce lieu, nous aimions jouer avec des adultes qui ressemblaient à des enfants, sans en être. Les Fontaine élevaient des couleuvres dans des cages en verre. C'était notre cadeau favori. Nous leur en apportions à la moindre occasion, des brunes et jaunes, avec une bonne tête plate et une infatigable langue fourchue. « A.A. » attrapait les plus grosses dans les jardins du frère Marie Victorin.

Quand nos parents voulaient aller au cinéma, ou rester seuls pour ce que l'on sait, ils nous déposaient au Palais où les visiteurs se pressaient pour nous voir. Cela ne pouvait nuire au commerce. Les Fontaine ne deviendraient jamais millionnaires à vendre des billets ou donner des spectacles de lutte sous des noms d'emprunt ! Et puis avec Bébée, c'était trois bouches de plus à table. Ils avaient donc fabriqué une affichette de bois qu'ils accrochaient à la grande :

« En visite aujourd'hui : les Têtes à Papineau. » Nous obtenions un certain succès. M. Fontaine nous expliquait que dans la vie tout est question de style. Nos deux têtes nous mèneraient aussi loin que nous voulions aller, disait-il. Un manchot n'est pas un bidextre. On se bat avec ce que l'on a. L'avenir des difformes était pour lui une question de fond. Mais à quatre ans nous ne saisissions pas toutes les nuances de son discours. Nous nous sentions en confiance parmi « les nôtres ».

Ah ! Dévaler un trottoir sur un tricycle, une tête au-dessus de chaque poignée, le front baissé, et gagner les vingt-quatre heures du Plateau ! François imitait à merveille le bruit des pétarades, Charles celui des sirènes. Nous étions célèbres dans les ruelles, mais la plupart des mères nous tenaient à distance. Comme si nous allions contaminer leurs rejetons. Il suffisait que l'on s'approche d'un carré de sable pour que les mémés, comme des moineaux, s'envolent. Nous étions, avec les trois nains, la terreur des amoureux dans les buissons.

Nous avons continué de croître. L'année suivante, nous dépassions déjà les petits Fontaine de nos deux têtes. « L'enfance des monstres n'est jamais une sinécure », écrivit le Dr Bonvouloir dans *la Vie double*, « et ils en sont toujours profondément marqués.

Meurtris. Car non seulement doivent-ils s'ajuster à un environnement où ils ne se retrouvent pas du tout, mais encore leurs parents et leurs amis font des efforts, qui ne leur échappent pas, pour s'adapter à leurs malformations. Ils savent qu'ils ne sont pas de ce monde. »

Et puis tout ça était, pour ainsi dire, inévitable ! Quelques centaines de familles françaises à l'origine, on couche ensemble cousins cousines pendant les longs hivers québécois et voilà six millions de descendants quelques siècles plus tard. Descendants.

« C'est qu'on s'aimait par chez nous. On se lâchait pas. On se tétait les oreilles en famille », dit Charles que toute évocation ancestrale fait frémir.

« C'est tout de même ainsi », répondit François, « que nous avons conservé nos traditions, notre langue, notre foi, nos chansons et nos chromosomes. Chrysostome ! »

C'est ainsi que le Dr Bonvouloir a dénombré dans nos familles plus de deux cents maladies de dégénérescence. Comme chez les Juifs orthodoxes. Il n'y a pas que la luette qui colle. Les squelettes se soudent, les reins ne reignent plus, les peaux des cuisses deviennent diaphanes. Du côté de la Rivière-du-Loup, chez les descendants des Trois-Pistoles, on hérite parfois de paupières si lourdes qu'elles se ferment de manière inattendue au beau milieu d'un regard, sans prévenir. Ces gens naissent avec des membranes qui n'ont pas le tonus musculaire nécessaire pour se tenir comme des paupières.

C'est ce que M. Fontaine appelait « les richesses

naturelles infinies de la province québécoise ». Il citait notre tante des Trois-Pistoles, Margot Leblond dite Pasdfesses qui a mis au point, avec le plombier du village, des lunettes à béquille. Ce sont des verres optiques retenus par quatre pointes qui pincent la membrane pour que la paupière ne vienne pas recouvrir inopinément le globe de l'œil. Une pointe de génie !

« Grâce aux lunettes à béquille tous ces descendants de marins aux yeux ensablés peuvent maintenant contempler à volonté la mer infinie. »

Ou la télévision.

Il n'y a pas que les luettes, les paupières, les squelettes. Nous sommes assez riches pour occuper des milliers de congrès médicaux. Et tout cela est disponible, déjà, sur ordinateur. C'est maman qui, pour le Dr Bonvouloir et l'Institut canadien de recherches en génétique, a conçu le projet. En épuisant les registres des paroisses, depuis 1625, toutes les lignées sont inscrites, les naissances, les mariages, et les causes de décès. Sur disque magnétique. Les agences matrimoniales peuvent désormais vous offrir des rencontres plus ou moins cardiaques, cancérigènes, ou stériles. C'est au programme.

A la seule Malbaie, au pied des pentes gazonnées où dorment l'été venu les millionnaires, le Québec entretient un plein hôpital de mongoliens aux yeux bridés ! Une promesse d'élection, l'hôpital. Chacun des patients est affublé d'un chromosome de trop. Nous sommes riches !

« C'est trop drôle », dit Charles, « un plein bateau

d'êtres humains ratés, visa le noir, tua le blanc, des centaines de Canadiens français qu'il faudrait recommencer ! Présentez-nous votre mère ! Nous vous présenterons la nôtre ! » La nôtre.

Maman a toujours assumé, aux yeux des étrangers, la responsabilité de notre état. Nous nous serions découragés cent fois si elle n'avait été aussi exigeante dès les premiers mois. Elle nous a tout appris de la lutte pour la survie, cependant que « A.A. » chantait au volant, une main distraite posée sur le klaxon. Marie Lalonde n'a jamais ménagé ses peines. Elle s'était réjouie au début d'habiter un *home* sur quatre roues. Mais vint l'hiver. Le sel et le vent. Elle en avait *jusque-là* du camping. D'ailleurs, si elle n'aspirait pas à aspirer des tapis, elle rêvait de mettre au moins pied sur la terre ferme. Le roulis lui retournait l'estomac.

C'est alors que les Fontaine convainquirent « A.A. » de troquer son camion contre quelque chose de plus stable. Avec un ami, photographe au journal, « A.A. », pour se faire du capital, conçut un calendrier en quadrichromie. Douze photographies des *Têtes* pour autant de mois. En juillet cornet de crème glacée, léché par deux langues voraces. Et le reste. Notre album de famille, chef-d'œuvre des cuisines, fut vendu aux Épiciers associés pour l'année mille neuf cent soixante. Et c'est ainsi qu'un jour papa coupa les gaz devant une petite maison verte aux volets roses, en bordure du Majestueux. M. Fontaine connaissait les lieux. Il était manager des spectacles sur la place du village. Tombolas, lutte et cirques.

Ces étés-là nous n'avions pas de repos jusqu'à

l'arrivée du *Racine Greater Show* qui plantait ses tentes devant l'église du village, près de la route du nord. Les manèges s'illuminaient dès le premier jour, en fin d'après-midi, à l'heure des éphémères. La foire, au début, attirait garçonnets et fillettes, puis les amoureux et, après le chapelet, les parents endimanchés. Cela nous accordait une semaine entière pour renouer connaissance avec la femme caoutchouc dont les os gélatineux permettaient des acrobaties impressionnantes ; elle pouvait se glisser dans les tresses d'une chaise d'osier, s'enfermer dans un bocal de confiture, se cacher sous notre chemise. Elle acceptait avec joie que l'on joue à la balle avec tout son corps replié en boule docile. Nous philosophions le matin venu avec l'homme serpent affublé d'une maladie de peau horrible (c'était un intellectuel dont le corps entier se recouvrait d'écailles dès qu'il sentait venir l'angoisse).

Nous cherchions avidement notre place parmi les monstres. Ceux du *Racine Greater Show* étaient gentils avec nous, M. Fontaine nous avait introduits, nous étions en quelque sorte un parent éloigné, une manière de cousin(s), la grand-mère obèse nous couchait sur son sein. Elle pesait deux cent dix kilos ; on la roulait, ses jambes ne pouvaient la porter. A elle seule elle dévorait une poche de patates par jour, pour se tenir en forme. Nous l'aidions à les éplucher. Elle chantait en travaillant. Quelle voix ! La tête à Charles, la tête à François, en duo avec mémère Tonneau !

M. Racine nous permettait de contempler plus souvent qu'à notre tour, dans l'arrière-boutique de la roulotte bleue, sur les genoux de l'homme tatoué, les bocaux d'avortons noyés dans le formol, nom usuel de l'aldéhyde formique, mais que le temps avait rendu visqueux et coloré de diverses façons. Chacun contenait un être humain à l'état embryonnaire, an-bri-yo-nère, avec des protubérances étranges, des siamois par exemple, reliés par les omoplates, morts d'une intervention chirurgicale prématurée. Petits frères! Petites sœurs! Ils étaient laids! Horribles! Ils nous donnaient la chair de poule! Cette mousse verdâtre sur les os! Nous nous imaginions facilement dans un pot, recroquevillés sur nous-mêmes, ratatinés, nos deux têtes aux yeux fermés pour toujours.

Pour oublier nous allions ensuite jouer dans le parc avec l'enfant gorille, un petit Himalayen poilu qui savait rire et faire des acrobaties lunaires.

Une famille d'albinos, originaire de la Beauce, proposa, à l'occasion de l'une des visites du *Racine Greater Show,* de nous adopter, la tête à Charles, la tête à François. Nos parents refusèrent poliment. Ils avaient pour nous de l'ambition. On nous voulait pour d'autres cirques.

Nous ne sommes jamais partis avec le *Racine Greater Show.* Charles le regrette encore.

— Qu'est-ce que cela aurait changé? demande François.

— Nous serions devenus des nomades, nous aurions parcouru l'Amérique sans frontières, l'hiver au Mexique, le printemps en Louisiane, l'été au Québec et l'automne en Floride. On nous aurait pris pour ce que nous étions, des monstres sans attaches. Nous aurions habité une maison mobile à laquelle nous n'aurions jamais enlevé les roues !

Mais il était écrit que nous ferions notre chemin chez les unicéphales.

« Les têtes ! Les têtes ! » criaient les enfants en mimant la peur. Puis ils s'habituaient à notre présence et nous acceptaient dans leurs jeux.

Jamais une équipe de baseball n'avait eu de lanceur étoile aussi imprévisible. Charles se spécialisait dans les effets rotatifs. François offrait des balles plongeantes à faire damner un franciscain. Jamais le batteur ne savait d'où lui viendrait le lancer. Personne ne nous contrait sur les buts : nous avions « des yeux tout autour de la tête ». Nous valions deux joueurs. « Mais vous n'avez qu'un seul cœur », nous reprochait l'aumônier qui arbitrait les parties. On ne peut pas tout avoir. Avoir.

Il n'y a jamais eu beaucoup d'intolérance à notre égard. A peine des complications. Des discussions. Les Canadiens-français étaient doux. Or nous posions de sérieux problèmes à tout le monde. A la caissière du cinéma de la paroisse par exemple. Elle tenait absolument à nous faire payer deux tickets. Charles se mettait chaque fois en colère.

— Ce que vous nous vendez c'est une place assise dans votre sous-sol d'église, non ?

— Oui, mais vous êtes deux.

— On ne peut pas s'asseoir sur *deux* chaises !

— Vous êtes *deux spectateurs.*

— Je vous promets qu'un seul regardera. L'autre fermera les yeux.

— Bon. Dans ce cas. » Un peuple doux.

A la campagne nous étions à l'abri des curieux. Maman reconstruisait notre univers, au rythme des confitures, de fraises, de framboises, de pêches au sirop, d'oranges en marmelade.

Il y avait toujours, au fond de la salle à dîner, une table placée en retrait, fragile sur ses pattes comme une girafe naissante, sur laquelle deux mille cinq cents morceaux découpés comme autant de protozoaires attendaient qu'on les réunisse par leurs appendices. Chaque membre de la famille, à tour de rôle, venait trier un peu d'azur, situer quelques nuages, construire un bout de rivière. Le casse-tête prenait des formes bizarres.

Après quelques semaines un morceau double à l'arête droite permettait enfin de réconcilier le ciel et la terre.

Et voilà que l'image offrait à nos regards émerveillés la reproduction fidèle, magnifiée, agrandie, du paysage illustré ! Certaines fois, glissant le puzzle entre deux vitres, nous l'accrochions au mur du salon. N'était-ce pas la preuve que nous avions refait le monde ? Mais aussi qu'il pouvait se défaire, à tout instant, en deux mille cinq cents morceaux ?

C'est papa qui achetait lui-même les casse-tête, notre jeu favori. A cette époque la plupart des paysages des Jig-Saw Puzzle se divisaient en trois catégories : montagnes suisses dont quelques pics enneigés se perdaient parmi les cumulus accumulés ;

berges de rivières anglaises herbues où paissaient gras de paisibles troupeaux ; ou encore scènes désertiques et rouges aux confins des prairies américaines. Ce sont ces dernières images qu'affectionnait particulièrement « A.A. ».

Quand il s'agissait de paysages américains papa ne s'approchait jamais de la table chambranlante sans s'être ceint les reins de ses revolvers nacrés. Il portait aussi, écrasé sur l'occiput, un chapeau de cow-boy en feutre mou. Debout, les jambes légèrement écartées, « A.A. » déplaçait les morceaux du puzzle du bout du canon de l'un de ses Colt. Pour réussir à repérer la bonne pièce du casse-tête il fouillait l'horizon de ses yeux bleus, il écoutait le vent, il entendait certainement hennir au loin des chevaux sauvages.

Pendant qu'il attaquait le jeu, sa mère, mémée Papinette, se berçait près de la grande fenêtre en marmonnant des noms d'amis morts au champ d'honneur de la vieillesse. Elle se fichait éperdument des progrès du puzzle : elle se sentait trop vieille pour jouer à recoller une image que des imbéciles quelque part avaient découpée en deux mille cinq cents morceaux. Absurde. De toute manière elle ne désirait plus qu'une seule chose : mourir. Mais elle craignait qu'on lui ait déjà volé sa mort. Les médecins ne lui avaient-ils pas introduit un stimulateur cardiaque dans la poitrine, pour « régulariser » les battements de son cœur ? Elle savait que l'électricité était une énergie moderne, elle l'avait vue arriver dans son village, d'un poteau à l'autre, pour ne plus jamais repartir.

A tous les visiteurs qui s'informaient de sa santé elle

répondait inexorablement : « Dites-leur que je suis trop vieille ! Écrivez à votre député pour moi, je vous en prie ! Je sais qu'ils dépensent des milliards pour creuser des rivières et construire des barrages. Ils ne veulent pas que je manque d'électricité (elle pointait l'index vers le stimulateur)... mais ils n'ont aucun besoin de continuer ces travaux gigantesques. Pas pour une petite femme comme moi ! »

« A.A. » appelait affectueusement sa mère Britty. Elle était née dans le Colorado aux USA de parents canadiens-français qui n'avaient pu s'adapter. Revenus au pays quand elle avait six ans, ils s'étaient remis à cultiver leurs arpents enneigés sans mot dire.

Parfois, quand « A.A. » avait rapidement réussi à assembler cinq ou six morceaux de puzzle particulièrement difficiles, il dégainait et de joie tirait un coup dans le plafond. Chaque fois grand-mère sursautait comme si, perdue dans son cauchemar hydro-électrique, elle avait cru entendre des pans de rocher sauter à la dynamite. Britty souffrait d'insomnies. Elle prenait les nouvelles des chantiers du Grand Nord à cœur. Les morts et les degrés sous zéro. Le progrès des travaux. Les grèves sauvages, les lock-out imprévus. C'était devenu, entre l'eau et la lumière, quelque chose de personnel. Personnel.

Britty nous aimait d'un amour tendre. Mais elle ne venait passer que quelques semaines l'été avec nous. Le reste de ses jours elle retournait chez une cousine au Colorado où elle fréquentait les eaux thermales. La première fois elle avait hésité à mettre l'orteil dans la source, de peur de s'électrocuter. Elle était si vieille que sa tête n'était pas plus grosse que l'une des nôtres. Maman a fait de nous une photo très drôle le dernier été où l'électricité a gardé Britty en marche. On y voit trois pommes ratatinées par-dessus la clôture de cèdre. Ratatinées entre des fleurs soleils. Elle était si vieille ! Elle avait vu, un jour à Chicago, le général Tom Thums du musée itinérant de M. Barnum ! Debout sur une chaise, le général ressemblait, disait-elle, à une poupée. Il pesait huit kilos, mesurait vingt-huit pouces. Né en 1832, le général était devenu le cas de nanisme le plus célèbre du monde.

Charles et François passaient des heures à contempler cette petite femme rabougrie qui leur paraissait si étrange ! « A.A. » affirmait à tout venant que, du jour où elle avait fait l'amour avec le général Tom Thums, Britty s'était mise à rapetisser.

— Mais comment aurais-je pu, « A.A. » ? J'étais trop jeune, tu le sais bien, répondait-elle.

— Nana ! Tu fonctionnais déjà à l'électricité, c'est bien connu !

Britty riait aux éclats, entre ses gencives molles. Elle oubliait ses fausses dents partout dans la maison. Maman y mettait une fleur quand elle les trouvait quelque part. Bébée parfois cachait le dentier dans la gueule vide de sa poupée en guenille.

« Je suis comme votre puzzle ! » lançait Britty, « il me manque des morceaux ! »

Quand elle est morte, et qu'ils eurent mis en terre toutes ses pièces, le notaire nous apprit que « A.A. » héritait d'un bout de désert au Colorado. Il n'a jamais voulu y aller voir ou le vendre aux huileux qui l'ont vingt fois sollicité. « A.A. » est têtu et ne veut rien savoir. Mais les chevaliers d'industrie s'en fichent, semble-t-il, ils ont trouvé une façon de pomper la mélasse depuis les terrains avoisinants, par en dessous. Maman croit qu'un jour le désert va imploser.

*

Quand nous sommes retournés sur les lieux de notre enfance le long des rives du fleuve, tout nous est apparu plus triste, plus délabré, plus misérable que le souvenir que nous en avions. Même les nains peuvent rapetisser.

sixièmement

Tout, dans ce curieux hôpital, est contrôlé par ordinateur, des calories dans nos assiettes aux visites à notre chambre. Depuis deux jours nous sommes *incommunicado.* C'est un beau mot, mais cela demeure une situation désagréable. C'est qu'il ne faut pas, affirme le logiciel, perturber les examens qu'on nous fait subir, par quelque crise émotive inattendue. Ni femmes, ni parents, ni amis. La seule personne autorisée à pénétrer dans notre dortoir, sans cagoule, est notre bon docteur.

Dehors il semble couler une lumière vive et vaste. Le ciel est bleu comme un fond de piscine. Dans la lueur tamisée de notre chambre, sur une table d'acier inoxydable, veillent deux écrans cathodiques comme lampes du sanctuaire. Nous habitons un cloître réfrigéré et respirons des odeurs de cuisine anglaise derrière nos fenêtres scellées. Charles hier a écrit un poème dans lequel il baisait une bouche d'aération sur les deux lèvres. Il l'a ensuite inscrit dans la mémoire de l'ordinateur. On ne sait jamais.

Northridge nous a assigné à chacun un clavier. Au

fond d'un corridor, caché quelque part dans le *Royal Vic,* notre chirurgien programme sa machine. Soudain apparaît à l'écran un ordre, une question, un texte, ou un graphique en trois dimensions qui se met à virevolter aussi habilement qu'une danseuse. Nous devons réagir. C'est la nouvelle chirurgie. C'est aseptique et rapide. C'est électronique. François joue le jeu plus volontiers que Charles. Ce dernier a horreur d'être manipulé, même par clavier interposé.

Le programme prévoit une interaction d'un écran à l'autre quand le docteur souhaite une contre-vérification. Un bon nombre de questions ne s'adressent qu'à l'une ou l'autre des têtes, mais parfois Charles et François se mettent à dialoguer sans s'en rendre compte. Nous avons signé un document officiel qui protège l'hôpital contre toute réclamation, mais nous avons gardé les droits sur la publication de nos réponses !

Un des programmes se présente sous forme de sondage psychologique. Depuis quelques minutes le mot « MAMAN » est apparu en haut à gauche de l'écran. Quand nous ne réagissons pas dans les cent vingt secondes le texte se met à sautiller comme un feu jaune à une croisée des chemins. « MAMAN » scintille. L'ordinateur nous infantilise. François tape sur son clavier : « elle est très attachée à ses monstres ». La phrase apparaît sur l'écran de Charles.

— J'ai compris, dit tout à coup François, dès que nous utilisons un pronom personnel ou possessif au pluriel le programme prévoit de transférer le texte.

— C'est d'une simplicité désarmante ! dit Charles,

laisse-moi vérifier... » Et il écrit : « Elle a toujours été plus attachée à *toi* qu'à *moi*. » La phrase ne saute pas d'un écran à l'autre. Il ajoute : « Quand *nous* étions petits elle *nous* serrait très fort dans ses bras... » L'appareil réagit comme l'avait dit François.

— C'est une programmation ridicule, soupire Charles, je peux évidemment te cacher ce que j'écris en le gardant au singulier. Cela n'empêchera pas Northridge de lire à son terminal nos deux réponses. Vraiment.

— Il est déjà en train de nous opérer, dit François, puisqu'il a trouvé une façon de scinder notre discours...

François continue à écrire : « Vous savez que Charles a tenté de se suicider à l'âge de deux ans ? » Il écrit d'une seule main, celle opposée à sa tête, Charles fait de même.

« Je manquais d'amour maternel. »

« Il a voulu se lancer sur le trottoir depuis le toit de l'hôpital », ajoute l'autre.

« C'est François qui m'en a empêché. »

« J'ai facilement le vertige. Et puis je n'avais aucune intention de le suivre », écrit ce dernier.

On ne se suicide pas à deux têtes. Enfin. Ou alors il faut choisir de ne pas ennuyer son voisin. François appuie sur la touche qui doit marquer la fin du discours. On est devant un clavier électronique comme des soldats au téléphone dans les tranchées : « Roger and Out ! » « Terminé ! » Sans quoi le général des Armées ne peut pas répliquer. L'ordinateur ne sait jamais par lui-même quand nous avons tout dit.

Charles en profite. Il écrit ses œuvres complètes sur disquettes. Personne ne peut l'interrompre. Quand Charles écrit François parle. C'est devenu un automatisme. Aux prochaines élections nous aurions pu nous présenter dans un comté rural. Les paysans ont moins de préjugés que les urbains vis-à-vis des fantaisies de la nature. Un député à deux têtes ne leur ferait pas plus peur qu'un veau à cinq pattes.

Nous serions ce qu'on appelle « un candidat sûr ». Les Québécois, depuis la bataille des Plaines d'Abraham, veulent gagner partout à la fois. Ils achètent des billets de toutes les loteries. Ils auraient élu une tête à Québec, et l'autre à Ottawa ! L'idéal. Puisque Charles parle anglais « sans accent » ne sommes-nous pas un parfait bicéphale *bilingue* ? Mais nous n'avons qu'une identité civile. Cela a longtemps posé un problème juridique : est-ce que la citoyenneté est attribuée à la tête ou aux jambes ? Pas un seul juriste n'avait prévu la question. Quelle signature ferait foi ? La femme qui nous épouserait serait-elle obligatoirement *bigame* ? La question est remontée jusque devant la Cour suprême. Des juges comme coqs en pâte y délibèrent depuis dans leur sauce. Dès qu'on met le doigt dans les rouages politico-juridiques on en a pour l'éternité. L'éternité.

Il y a aussi un programme historique, un programme sociologique et un programme médical. Quand est apparue à l'écran cathodique la question : « Vous souvenez-vous de maladies infantiles importantes ? » François a cru bon de répondre : « Notre naissance. » Aux autres de se débrouiller avec la scarlatine !

Selon les dires des spécialistes nous étions un bébé qui n'allait pas vivre plus de six jours. « Comment envisagiez-vous l'avenir ? » demanda alors l'ordinateur. « Dans l'Almanach ! » répondit tout de go François. En effet autant de pages furent consacrées, l'année de notre naissance, aux têtes à Papineau qu'on en avait publié, vingt ans plus tôt, à l'arrivée des jumelles Dionne en Ontario.

Depuis 1936, dans chacune des éditions de l'Almanach du peuple, on retrouve les quintuplées offertes comme des asperges dans un grand plat. Or dans l'édition de 1956, au beau milieu du volume, un montage photographique oppose d'un côté les chatonnes maigrichonnes sur les genoux de leur géniteur ébahi et, sur la page suivante, dans les bras de « A. A. » en costume de Gene Autry, emmaillotées comme porcelaine, enfirouapées, nos deux têtes de poupées édentées. Les mères sont restées à l'écart. Pudeur féminine ! Évidemment une même légende en caractères gothiques s'étale à travers le tout :

« Impossible n'est pas canadien-français. »

Ah ! Si nous avions été d'âge ! On se serait fréquentés. Mais les jumelles Dionne, prises en charge par une Société sans but lucratif (apparent), furent élevées comme des poulettes grises derrière une clôture de broche. On leur construisit un dortoir sur mesure. Une salle de classe à cinq banquettes. Un terrain de jeux, cinq balançoires. Autant de pissotières. Une cuisinette isolée. Et le reste. Dès qu'elles furent d'âge scolaire une religieuse du Saint-Nom-de-Marie les prit en charge. Ou était-ce de l'Immaculée Conception ? Conception. Nous aurait-on acceptés dans l'enceinte comme coq de service ? Qu'espérer d'un jeune bicéphale s'accouplant à cinq vieilles jumelles ? Une nouvelle page en couleur dans l'Almanach, sans doute, notre véritable livre d'histoire ! L'histoire. Nous avons fait notre première et dernière communion aux premiers jours de la *Révolution tranquille.* Quelle époque !

« Votre père et moi avons décidé de rentrer en ville », nous apprit maman un beau matin de septembre. Elle était en robe de chambre, un plumeau au poing. Perché sur un tabouret l'un de nous lavait la vaisselle, l'autre l'essuyait d'une seule main. « Ce sera mieux pour tout le monde », ajouta-t-elle, « ici Bébée n'a pas d'amies, c'est très mauvais. »

— Et nous ? fit Charles.

— Vous êtes ses frères, ce n'est pas pareil. Et puis vous avez atteint l'âge scolaire. Nous vous placerons dans une école publique. Votre père est démocrate, il ne faut pas l'oublier.

— Pour apprendre quoi ! » dit François avec dédain. En effet, grâce aux efforts du Dr Bonvouloir qui s'amenait souvent avec de lourdes encyclopédies sous les bras, nous avions déjà assimilé tout ce qui s'enseignait obligatoirement dans les petites classes.

— Vous apprendrez à vous défendre, répliqua notre mère.

Le déménagement se fit avec le vieux camion cahotant. « A. A. » avait obtenu un jour de congé, la boîte de Phoebus était bourrée ; lui aussi. Il affirmait que la bière donne de la vigueur aux muscles. Les colis étaient pourtant de plus en plus lourds.

Nous sommes allés habiter dans l'ouest de la cité, au second étage d'une vaste tour d'appartements. « A. A. » s'y était pris trop tard. En ville on n'a pas toujours le choix. Nous avions troqué un jardin contre des corridors en *terrazo*. Bébée y cherchait en vain des papillons. Les premiers jours nous placions sur les marches des trappes à mouffettes. Les locataires, quand ils nous voyaient courir dans l'escalier, longeaient les murs. Les étrangers surtout, des immigrants, qui devaient craindre nos têtes abondantes, se réfugiaient précipitamment dans leurs tanières. Il n'y avait rien à faire. On ne pouvait pas même pêcher dans le bassin de l'entrée. On ne trouvait plus d'insectes. Les Fontaine, pour nous consoler, nous offrirent quelques couleuvres. Bébée les mit en liberté. Le concierge ne l'a jamais avalé.

En octobre, il fit un temps capiteux, l'été des Indiens s'était posé sur la ville comme une marmite tiède. A l'école, la vie était trépidante. Un mois à peine après nous avoir appris des compliments, des grâces et des prières, sœur Cécile du Bon Conseil disparut. « Quel charivari mes petits amis », aurait dit Tante Lucille. Du coup il n'y avait plus d'autorité qui tienne ! Sœur Cécile avait fui avec le directeur. C'était sa révolution *tranquille,* elle avait balancé sa capine par-dessus les moulins. Un volcan s'était éveillé sous ses jupons. Nous ne comprenions rien à ces histoires. D'ailleurs personne ne savait qu'il s'agissait d'un glissement profond. Il n'y avait pas que les professeurs qui prenaient enfin goût à la liberté, une fringale s'était emparée de la nation.

« A.A. », au journal, changea de secteur. Il fut versé aux affaires sociales, puis à l'éducation. Il faisait les manchettes en citant ceux qui réclamaient un ministère de l'Éducation. Qui fut créé. De ce jour les fonctionnaires et les philosophes partirent quotidiennement en missions urgentes vers des pays lointains. Ils étaient à concocter l'École Nouvelle.

Pour les seules mathématiques nous avons eu droit à vingt méthodes définitives. Hier les anges s'additionnaient aux hosties, les tables de multiplication s'apprenaient par cœur, et voilà que soudain nous devions jouer avec des bouliers, compter avec des bâtonnets de couleur. Un enfant de huit ans n'ignorait plus rien de la logique, des bases et des fractions. « A.A. » fut vite déphasé. Seule maman, qui s'était recyclée, put continuer à suivre nos progrès. Progrès.

Nous étions premiers en tout. Charles avait appris par cœur les quatre cent vingt-huit (428) questions du Petit Catéchisme de la Province de Québec. François en savait les réponses. Nous allions rafler tous les premiers prix à la Communion solennelle ! Mais hélas les aumôniers, le vent des réformes soufflait, abandonnèrent les réponses et questions du Petit Catéchisme pour sombrer dans l'œcuménisme. La planète était désormais une arche de Noé, nous étions tous frères, sans égard à la religion. Nous étions tous humains. Sans égard aux malformations. Nous servîmes donc, dans le renouveau chrétien, de démonstration.

Parfois le professeur invitait « A.A. » à venir rencontrer les élèves. Était-ce pénible d'élever un enfant exceptionnel ? Il racontait sa vie. Maman se refusait à ces jeux. Elle n'a jamais aimé la guimauve. Or peu à peu les enfants, aussi bien en classe qu'en cour d'école, se mirent à nous ennuyer. Nous en savions déjà trop.

— Pour qui donc vous prenez-vous petits fendants ? se plaignaient certains enseignants.

— Pour les Têtes à Papineau...

C'est qu'elles ne cessaient de fonctionner, de questionner. Nous mettions toujours en doute leurs affirmations. Nous étions des cerveaux d'abord et avant tout. Au placard la tendresse ! Nous n'avions pas le temps de nous apitoyer sur la bêtise dominante. Dominante.

Il ne nous restait plus qu'à sauter des classes. Bébée qui voulait nous suivre était essoufflée. Nous avions toujours quelques longueurs d'avance. François dès cette époque se fit des sous à rédiger en cachette les devoirs des enfants fortunés. Charles préférait plonger dans un livre. Quand on le sollicitait il haussait les épaules :

« Je n'ai jamais eu de pitié pour les plorines ! » disait-il en se replongeant le nez dans un roman. « La vraie vie est ailleurs », avait-il écrit en page de garde de son calepin d'écolier. Pour les leçons nous avions mis au point une technique exemplaire. L'un commençait par la fin, l'autre le rejoignait au milieu.

« Personne dans ce système hiérarchique et désuet n'était vraiment apte à répondre à leurs attentes », écrivit le Dr Bonvouloir dans la quatrième édition de *la Vie double*. Augmentée et enrichie. « L'étroitesse du monde de l'enseignement m'inquiétait. Pas une seule information n'échappait à l'un ou à l'autre. Très tôt, vers l'âge de trois ans, ils avaient même pris l'habitude de dormir l'un après l'autre comme des sentinelles. » Cela nous permettait de gagner du temps, vingt-quatre heures sur vingt-quatre nous étions disponibles ! Nous avions si souvent entendu dire que nous ne pourrions vivre jusqu'à un âge avancé que nous ne voulions rien gaspiller.

Marie Lalonde, de son côté, aurait préféré voir ses fils suivre des leçons particulières. Elle aurait souhaité nous apprendre un art noble comme la peinture de chevalet. Nous aurions eu d'emblée une manière unique ! Un même sujet peint en perfectoscope ! Comme ces cartes postales dédoublées qui réjouissaient tant Britty, lui révélant un univers en trois dimensions. Ou bien maman nous aurait peut-être inscrits aux cours de flûte d'un Andin perdu ? Si elle s'était écoutée, ne nous aurait-elle pas poussés à monter sur scène ? Pourquoi, avec notre visage à deux faces, ne pas faire du théâtre ? Toute jeune, n'avait-elle pas elle-même chanté en public, à l'hôtel de son père, sur la rivière Outaouais ? Elle avait adoré circuler entre les tables, tenant ses tresses à deux mains, traînant ses souliers vernis. Les clients mangeaient leur rosbif en silence, cependant qu'une fillette de treize ans entonnait des airs d'Édith Piaf avec passion. Ou était-ce le raifort qui les faisait pleurer ? On parla d'elle dans un journal local. Elle s'en souvient aujourd'hui encore avec émotion. Le public la grisait. On peut imaginer le succès que nous aurions eu, au même âge, en duo à la télévision ! Fi des Beatles ! La moitié du Québec, de toute manière, une guitare à la main, chantait déjà pour l'autre moitié. Les nègres avaient pour eux la boxe et le base-ball, les Fontaine la lutte, pourquoi ne pas devenir chansonniers ? Nous présenter aux « Étoiles de demain » ? Lancer un trente-trois tours avec nos propres compositions ? François nous avait trouvé un nom de scène : « La Paire ». Une guitare, deux voix. Il voulait que nous soyons accompagnés d'un chœur de jumeaux. La claque ! Cela nous aurait menés certainement à pieds joints jusqu'au « Ed Sullivan Show » diffusé tous les dimanches soirs, depuis New York, cette ville où nous avions été conçus ! Quelles retrouvailles !

Ed Sullivan — n'a-t-on pas dit qu'il était le frère jumeau de l'acteur Humphrey Bogart ? — recevait pour son show les plus grands talents du music-hall, des jongleurs, des charmeurs et leurs serpents, des comédiens célèbres d'Angleterre, des monologuistes noirs de Harlem. Mais surtout il prenait plaisir à *découvrir* des vocations. L'émission était dotée de son propre orchestre. Sullivan, qui dominait la scène par sa grande taille, se promenait parmi ses invité comme un boxeur paralysé. Il apparaissait tout d'abord avec sur le visage un air sévère qu'il adoucissait d'un magnifique sourire inattendu. Il nous aurait présentés à l'Amérique entière ! Vingt millions de postes cathodiques bleuissant les chaumières nous auraient ouvert les oreilles et les yeux de quatre-vingts millions d'auditeurs éblouis.

« Ladies and Gentlemen », aurait lancé Sullivan, « n'ajustez pas votre appareil ! » Il aurait dit : « Il n'y a pas d'ennui d'antenne ! Ce que vous avez devant vos yeux n'est pas une image dédoublée, mais un miracle de la nature. Voici... le duo canadien-français le plus étonnant que je connaisse, dans une œuvre de leur répertoire... Take it away Charles, take it away François ! »

« Take it away Northridge », écrit François sur l'écran cathodique. « Terminé ! » Mais l'ordinateur ne comprend pas. « Nous ne savons pas même chanter du folklore en canon », ajoute Charles. « Exit Sullivan », dactylographie François. « Terminé. » Le curseur passe, silencieux comme un oiseau blanc. Il mange une ligne, puis dix qui disparaissent entièrement. Les transistors sont voraces.

« Question. » C'est Charles qui intervient. Le programme est immédiatement interrompu par ce mot clef. Northridge croit essentiel de répondre d'abord à nos inquiétudes. Son information passe après la nôtre. C'est sa conception de l'animation médicale.

« Docteur Northridge », écrit Charles. « Vous n'entreprenez pas ces recherches pour notre seul bien, c'est évident. Pouvez-vous nous dire ce que vous comptez en retirer ? »

L'ordinateur grésille. La réponse s'étale enfin : « Le docteur est absent. Il répondra à votre question dans les plus brefs délais. Terminé. » C'est toujours ainsi quand la réponse n'est pas prévue au programme. En rentrant Northridge vérifiera dans la boîte aux lettres électronique et nous enverra ses explications. En attendant le logiciel est revenu aux rapports neutres. Formulaires et compagnie. Nous lisons sur nos écrans respectifs : « Études. Curriculum scolaire. Prière de donner, dans l'ordre chronologique, le nom des établissements fréquentés, la durée des études, les diplômes obtenus. »

« Et voilà qu'il faut un diplôme maintenant pour se faire opérer ! » lance François.

Ce ne sera pas très long à remplir. Nous réussissions deux classes en une ! Seul l'âge nous a empêchés d'entrer à l'université en couches. Il nous a fallu attendre notre quinzième année. Les autorités croyaient qu'un enfant dévaloriserait leur science. Charles s'est inscrit en lettres. François aux HEC. Le plus difficile fut d'harmoniser les horaires ; pour le reste, ce fut comme sur une pinotte. Nous avions terminé nos thèses avant même la scolarité. Enfin. L'université est une vaste salle d'attente.

Les premiers mois nous ne pouvions suivre nos confrères dans les tavernes ou les bars topless interdits aux mineurs. Timides, nous occupions notre temps libre entre deux cours à pratiquer le bénévolat. Prémonitoirement à l'hôpital de la Reine-Marie pour anciens combattants. Ces hommes harnachés comme chevaux de labour, brides, cocardes, œillères, muserolles, mors, gourmette, sous-gorge, collier, rênes, attelles, croupières, à peine capables de se déplacer dans leurs chaises électriques, jambes et bras coupés, héros de guerres oubliées, nous amenaient à mettre le destin en perspective, tout en bordant leur lit. Des membres? Il leur en manquait, nous en avions de trop! Pour certains d'entre eux nous ressemblions à un cauchemar venu du front. D'autres nous récitaient des noms de villages anéantis. En blouse blanche nous allions d'un mutilé à l'autre, à la recherche d'une pensée profonde. Ils ne pensaient plus. Ils avaient été anéantis comme les ponts et chaussées, détruits par le fer et le feu, décapités, dépensés pour ainsi dire. Morts-vivants, ils nous amenèrent à regarder notre propre corps, d'abord avec étonnement puis avec satisfaction. Nous étions en vie! Promis au formol nous pouvions courir. Nous étions libres!

La vie cachée de Jésus, a-t-on dit, s'est terminée quand il atteignit l'âge de douze ans et vint au temple. La vie obscure et humble de Charles-François Papineau se termina peu après notre arrivée à l'université. Nous n'étions pas là pour passer inaperçus! L'aurions-nous voulu que cela eût été impossible. Tous les dix jours nous étions sollicités pour une entrevue ou un documentaire à la radio, dans les journaux ou à la télévision. Freak show. Fric chaud. François décréta que nos têtes étaient notre talent et que cela devait se monnayer. « A.A. », puisqu'il était aussi journaliste, ferait office d'impresario. Maman soutint qu'un père profitant des anomalies congénitales de ses fils serait repoussant. Il y eut une longue discussion. Acerbe. A tue-tête. Mais il fallait aviser. Les travailleurs de l'information nous avaient redécouverts! Non seulement nous étions bicéphales mais aussi étions-nous intelligents. « Un jeune monstre sur la montagne », titrait un quotidien du soir parlant de notre arrivée à l'Université *Montis Regii*. Enfin. La nouvelle fut reprise de Singapour à Yaoundé. Maman céda. Un tiers des cachets irait dans les coffres de la « Fondation des canards boiteux » qu'elle administrerait. « A.A. » travaillerait à pourcentage. Avec le reste nous pourrions nous acheter ce dont nous avions envie. Une bicyclette. Des binoculaires. Un bimoteur. Un biplace. Une binerie.

Prenant charge des entrevues, « A.A. » nous recommanda d'éviter les journaux à sensations pour n'accepter de sollicitations que des revues assises. Il s'agissait d'établir notre « crédibilité ». Les magazines d'informations médicales, ou de psychologie, joueraient le rôle des banques. La crédibilité est le crédit d'une étrange monnaie d'échange. Il fallait que l'on nous prenne au sérieux, nous quittions le cirque des enfants pour pénétrer sous le chapiteau des adultes.

Il y eut une seule exception, pour *Paris-Match*. Mais ses rédacteurs payèrent une jolie somme les droits exclusifs en couleur de cette première page couverture ! Et puis la francophonie joua certainement contre les réticences d'Alain-Auguste Papineau. C'est un sacré sentimental.

Paris-Match publia cinq pages de texte et de photos, racontant en parallèle notre histoire et celle des frères Chang et Eng, du royaume du Siam. Ces deux jumeaux étaient nés en 1811. Ils étaient soudés l'un à l'autre par l'extrémité inférieure de leur sternum, jusqu'à l'ombilic. Quand ils vinrent à Paris, en 1835, dans l'espoir d'une intervention chirurgicale qui puisse les séparer, la Faculté la jugea impossible. Désormais ils seraient siamois. Ne sommes-nous pas québécois ?

« Mais cela ne les a pas empêchés de vivre comme ils l'entendaient ! » exultait François. C'est que *Paris-Match* avait dégotté dans un illustré de l'époque les photographies du mariage des deux frères. On les voyait sur les marches de l'église St Patrick, dans la Cinquième Avenue, à New York, chacun affublé d'un chapeau noir haut de forme, d'une barbichette en pinceau, avec aux bras deux Américaines souriantes perdues sous de grands bonnets fleuris.

« A.A. » avait beaucoup ri à la lecture de ce reportage. Il disait qu'on avait trouvé, avec ce mariage, l'origine du triangle dans le drame bourgeois. Enfin. Chang et Eng moururent à New York le 20 janvier 1874 à deux heures d'intervalle. Chang pendant ces deux heures fit face à son propre cadavre.

Le reportage de *Match* fut suivi de quelques articles dans le *New York Times, le Monde,* le *National Geographic* et *Esquire,* la revue de noces de nos parents. Puis vinrent les demandes des médias électroniques.

La notoriété nous plaisait, elle nous rappelait notre vie au berceau. Nous avions seize ans, et nous étions tout étonnés de nous entendre vivre. Maman avait conçu un petit programme qu'elle avait glissé dans l'ordinateur de sa Compagnie. Nous savions, en le consultant, à la minute près, où brillait le flambeau de notre réputation. C'était un merveilleux scrap-book électronique, on y pouvait relire les articles des journaux et la transcription des entrevues sonores, préparer des réponses plus astucieuses encore aux questions toujours semblables des reporters.

Les logiciels de Marie Lalonde sont plus remarquables que les graffiti du Dr Northridge. Elle a dans le sang l'approche binaire. Son cerveau va si vite parfois qu'elle a peine à se suivre elle-même. Quand elle nous faisait la lecture, de nuit, dans le camion en marche vers un lieu de spectacle, elle disait à voix haute plus vite qu'elle ne tournait les pages. Elle glissait parfois, parmi les récits d'aventures et les romans victoriens, des textes de Cendrars, d'Eluard, de Prévert, et des problèmes de trigonométrie. « Un homme averti en vaut deux », disait-elle souvent pour nous encourager. Nous étions *très* avertis. Elle avait trouvé l'expression dans les culottes roses du dictionnaire. « Bis repetita placent », les choses répétées plaisent ; « deux têtes valent mieux qu'une » ; elle nous fouettait à coups de dictons. Il fallait n'avoir qu'une tête sur les épaules pour parler ainsi.

Or notre vie publique était épuisante.

« Éblouissez-nous ! » semblaient demander les animateurs d'émissions télévisées, comme si nous avions été trapézistes.

Invités en Belgique, en France, en Angleterre, dans les universités américaines et japonaises, pour y donner des conférences, nous avions développé une technique à toute épreuve : le discours dialectique. Il n'y avait jamais de temps mort, l'un faisait les citations, l'autre le texte. Ou bien encore nous alternions avec passion, nous nous contredisions sur les points douteux. Une colère feinte, un jeu de mots, la salle applaudissait Charles. Une démonstration, un exposé au tableau noir, François avait à son tour la vedette. Le sujet préféré des organisateurs de colloque ? L'autonomie. Nous adaptions notre discours à la sauce littéraire ou politique suivant le lieu. Notre goût profond de la liberté et notre interdépendance permettaient toutes les métaphores.

Parfois « A.A. » nous accompagnait. Il en profitait pour taper des articles sur les lieux qu'il visitait, obtenir des entrevues avec les éminences dont nous faisions connaissance. A *la Presse,* la direction était flattée d'avoir dans ses rangs le père des « Têtes ». Cela l'avait consacré en quelque sorte « intellectuel de service » ; on lui confiait « les grands dossiers ».

Maman ne pouvait voyager aussi facilement que lui. De toute manière elle avait une peur bleue des avions de toutes couleurs. Aucune ligne aérienne ne la rassurait, aucun slogan, aucune statistique. Une seule fois elle nous accompagna jusqu'à Dallas parce que l'industrie de l'électronique y tenait un congrès auquel elle avait été déléguée. Entre deux ateliers sur l'enseignement programmé, elle assista à notre conférence et au cocktail qui suivit. Les cowboys de Dallas la fêtèrent en grand. Le thème de la mère est profond et important dans la mythologie western. Maman malade passa la nuit entière sur le toit de l'hôtel Hyatt à vomir tout le gin de son corps. « A.A. » lui offrit une carte des Alcooliques anonymes : A.A.A.

Entre nos cours à l'université, auxquels il fallait tout

de même faire acte de présence, nos conférences et colloques, nos apparitions à la télévision, et notre vie sociale, il nous restait peu de temps pour réfléchir. C'est peut-être ce qui nous sauva. Nous savions planer à la surface des idées, des gens et des choses. Surfistes des vernissages, piliers des cocktails de lancement, notre abattage ne souffrait aucune comparaison. Un verre dans chaque main, Charles et François s'adressaient simultanément à des interlocuteurs différents. A la fin de la réception nous avions fait le tour de chacun et séduit tout le monde. Spirituels et superficiels. Mais profondément inquiets : qui de nous deux était le plus aimé ? Charles chez les bourgeois cultivés ? François auprès du peuple ? Nous nous mettions souvent au lit avec un torticolis. Torticolis.

A dix-neuf ans nous avions enfin accumulé la scolarité qu'exigeaient les doctorats. Charles remit une thèse sur « la mise en abîme du personnage des jumeaux dans le roman d'aventure ». François déposa un mémoire sur « l'art de doubler son argent à coup sûr ». Les diplômes nous furent remis le jour même de notre anniversaire de naissance. L'élite veillait toujours. La grande salle de l'université était bondée à craquer comme un char de citrouilles. Les vieux messieurs ne se distinguaient les uns des autres que par leurs rangs de peaux de lapin cousues sur satin. Grande hermine. Petite hermine. Marie Lalonde et Alain-Auguste étaient coincés entre le recteur et le maire. Fiers comme des paons dans la loge des toges ils nous mettaient au monde une seconde fois. Sur la scène surchauffée, dans les corbeilles de fleurs blanches et les monceaux de parchemins roulés, ce fut l'apothéose. Nous étions désormais un monstre éduqué parmi les hommes.

Le lendemain même de la cérémonie, le directeur de l'information à Radio-Canada nous offrit un job. Une émission d'actualité dont nous serions les animateurs. Cela s'intitulerait « Tête à tête ». Ce n'est pas l'imagination qui les étouffe, à Radio-Canada. Charles voulait poursuivre des études en anthropologie, François était tenté par les sciences politiques. Animer une télé hebdomadaire ne pouvait pas nuire à nos études, place aux jeunes !... nous avons accepté.

La mise en marche de notre *talk-show* fut réussie. Au point d'inquiéter même la présidence de Radio-Canada ! Ils croyaient que le succès allait nous monter aux têtes. Le pays était placardé de réclames où l'on étalait notre photographie de profil. L'effet était saisissant. C'était pourtant une idée d'un technicien de la Maison. Enfin. Il avait trouvé cet angle un peu par hasard. L'information a toujours besoin d'angle. Et la création a toujours besoin de hasard.

Dès le premier show ce fut extraordinaire. Nos invités ne savaient jamais quelle tête allait les interviewer. Nous avons fait pleurer des hommes politiques et des vedettes de la chanson. Ils cassaient. Littéralement. Chaque fois qu'ils mentaient à une face nous avions l'autre pour les confronter. Les vedettes se bousculaient à l'entrée. Se montrer la fraise « Aux Têtes » devint l'objectif de l'année pour tous les parasites publics.

La télévision nous rendit à la fois définitivement

célèbres et profondément solitaires. Solitaires. Pourtant, dans la rue, les gens ne se détournaient plus avec gêne sur notre passage. Ils nous saluaient avec déférence. Avec chaleur même ; ils nous adressaient la parole comme si nous étions de la famille. La famille. Cela touchait beaucoup François qui se sent comme un bien national, un morceau du patrimoine. Charles s'en fichait, il aurait préféré se voir ailleurs, chez les Papous, ou en Californie.

Les agences de publicité nous firent de nombreuses propositions qu'il nous fallut refuser. Pour l'éthique. Et parce que la publicité à la télévision est une torture inacceptable. Une seule idée d'ailleurs nous aurait amusés. La compagnie pharmaceutique Bayers se proposait d'étaler nos bouilles pour vendre ses *Aspirines*. La ritournelle disait : « un seul comprimé suffira ». Nous aurions lancé une pilule en l'air et l'aurions rattrapée avec l'une de nos deux langues.

septièmement

Aujourd'hui nous ne sommes plus sous séquestre. Le spécialiste des anciens combattants a tenu promesse. Enfin. Les verrous ont été retirés, la clef a disparu. Il n'y a plus d'interdiction de visite. Mais on n'est guère mieux qu'hier. Nous faisons la mouche dans une toile d'araignée médicale. On nous a amarrés au lit avec des tubes translucides et douze électrodes aux cerveaux.

La dernière phase de ces tests de diagnostic exige un effort de concentration, de concertation, sans pareil. Lorsqu'un voyant rouge s'illumine au pied du lit nous devons à l'instant même noter la pensée qui nous occupe. Le désir du moment. Le flash. Le sentiment. Qu'il soit lascif, absurde ou défensif. Même les idées philosophiques ont leur place. Un électroencéphalographe enregistre simultanément l'activité de nos hémisphères. Le tout est codé, à l'heure, à la minute, à la seconde près. Les graphiques seront confrontés aux journaux intimes. Intimes. Les deux seront ensuite comparés aux images en trois dimensions que le scanner, comme une lame de boucher, a découpées dans nos cervelles. Nous sommes « les Têtes à Pavlov ! » se plaint François. Intense activité frontale, afflux de sang dans les circonvolutions de l'extrême droite, note la machine.

« Je suis épuisé », écrit Charles, « je n'ai plus aucun désir. Si la mort est ce qui donne prix à la vie, nous voilà au creux des cours. C'est le crash. L'effondrement. Tous ces exercices sont absurdes. Nous n'apporterons ni or, ni graphique dans l'autre vie. » Vie.

Du côté de François le tracé est presque toujours étale : il a des pensées moyennes, calmes et songeuses. Ou bien il s'amuse à structurer des nomenclatures. Son esprit scientifique l'amène à jouer de l'ordinateur. Il a porté à l'écran les noms, prénoms et l'âge des femmes que nous avons fréquentées. Le lieu où nous avons fait connaissance. La manière. Il leur accorde des caractéristiques physiques, caractérielles. Il ajoute leur poids approximatif, la couleur de leurs cheveux, leur origine. Et le reste. Puis, ô merveille de l'électronique, il opère des permutations ! Il s'esclaffe. Charles s'étouffe. La luette de Trois-Pistoles toujours. François s'érotise. Quand il réussit à créer une nouvelle femme d'intérêt public il la décrit longuement à Charles.

— Je trouve le jeu enfantin, dit celui-ci.

— Ce n'est pas plus enfantin, mon cher, d'enfanter des femmes nouvelles à partir de souvenirs que de tenter un amalgame cervical avec nos vieilles pensées, répond François, mon travail est propre, et je ne fais de mal à personne. Je me fais du bien.

— Tu as raison, concède Charles mal à l'aise, cela ressemble à la démarche de Northridge. » Nous perdons de précieuses minutes à nous reconcentrer. Il y a de plus en plus d'interférences. Peu à peu nous apprenons à nous terroriser mutuellement. Même ce texte devient plus difficile à rédiger. Quand une idée, un souvenir, une remarque plaisent à François, cela horripile Charles. Doit-on le noter ? Chacun des mots que nous enregistrons doit être approuvé par les deux têtes qui gouvernent. Les lois de nos cerveaux s'ajustent mal. Les discours se croisent, se bousculent, s'entrechoquent. Et puis voilà que s'en mêlent soudain les mémères senteuses ! Les écornifleux !

A tout moment la porte de la chambre bâille et laisse apparaître la face curieuse d'un patient de l'étage ! Tantôt un cancéreux au visage bruni par la cortisone. Tantôt une femme enceinte aux yeux bleuis par la fatigue. Ou un blessé grave en chaise roulante dont on ne saura jamais vraiment s'il a survécu à une collision frontale sur l'autoroute. Ils nous regardent tous la bouche à demi ouverte, le menton décroché, l'hypophyse au neutre, l'œil torve, le nez inquiet. C'est que chaque malade veut apercevoir son monstre *de visu*. Et raconter sa vision dantesque à la galerie. Quand ils sont satisfaits, qu'ils en ont plein les yeux, ils se retirent discrètement. Ils reviendront. Enfin.

Parfois c'est une infirmière qui vient porter un plateau. Mais c'est toujours une autre qui revient le chercher. Des blettes vous disons-nous ! Des fouines ! Tous les prétextes sont bons. Tout à coup c'est une garde-malade qui prétend devoir relever nos tempéra-

119

tures. La chambre est une gare centrale. Chacune veut nous toucher du doigt.

— Garde ! lance alors François goguenard, ce n'est pas en nous plaçant votre thermomètre dans la bouche que vous pourrez établir une moyenne scientifique !

— Ce sont les ordres du Dr Northridge, prétend invariablement l'infirmière.

— Je sais, je sais, réplique François un peu paternel, mais en mathématiques strictes il faut au moins trois mesures pour établir une moyenne scientifique. Le docteur a dû vous dire cela ?

— Je peux, monsieur Papineau, produire des graphiques ! Vous ne m'apprenez rien. Nous tracerons une courbe après trois mesures.

— Mais non. Vous oubliez que nous avons *deux* bouches, rappelle François, vous serez toujours en nombres pairs.

— Le malade ordinaire, se permet d'ajouter Charles, ne vous tend qu'une seule langue à la fois.

— Et vous n'êtes pas des malades ordinaires ! » s'exclame l'infirmière comme si elle ne voulait pas contrarier des enfants. François enchaîne :

— Alors voilà, après nos températures buccales il vous faudra la rectale. Trois orifices vous permettront une rigueur scientifique inattaquable.

Habituellement, à ce moment du dialogue, l'infirmière hausse les épaules et fait mine de s'en aller. François l'interpelle :

— Peut-être avons-nous deux trous du cul ? Y avez-vous songé ?

— Je n'osais le dire », répond la garde avec un sourire en coin.

Elle est persuadée de dominer la situation. Cela fait partie de son entraînement. C'est un avatar du métier. Tous les malades sont des facétieux. Il faut les mettre à leur place. Nous n'échappons pas à la règle.

— Au fait, insiste François, vous nous trouvez séduisants dans cette tenue d'hôpital ? Petite robe de coton, genoux à l'air, cordonnet autour du cou, bracelet numéroté au poignet ? C'est coquet, non ?

La jeune fille sent le traquenard. Elle baisse les bras, s'approche un peu du pied du lit. Le voyant lumineux s'allume. Charles et François cessent toute entreprise de séduction pour dactylographier sur leurs claviers. Elle les regarde faire, incrédule, la main droite sert à Charles, la gauche à François. Nous écrivons les bras croisés.

— Nous sommes à expliquer, dit François, que nous pensons tous deux à vous de façon intense.

La garde regarde l'écran cathodique de travers. Elle se sent déshabillée par l'ordinateur.

— Maintenant il faut nous dire, reprend Charles, lequel de nous deux vous trouvez le plus séduisant.

— Mais je vous préviens, dit François, nous sommes sensibles comme des flippers de machine à boule. Si vous ne trouvez pas les mots justes l'appareil fait tilt.

— Mais vous êtes tous deux séduisants..., commence l'infirmière qui ne veut pas nous blesser. Je ne puis voir lequel des deux... non... vous êtes beaux,

121

vous êtes semblables, je ne saurais choisir, vous... »
Elle bafouille, elle prend peur, elle hésite.

— Pourquoi dites-vous que nous ressemblons à une
horrible grenouille ? demande François, soudain
agressif.

— Mais je n'ai pas dit cela ! s'indigne la garde.

— Vous le pensiez ! affirme sévèrement Charles.
C'est chaque fois à ce moment précis que la pauvre
fille panique. Rage. Culpabilité. Colère. Tout dépend
de son caractère. Mais quand les larmes lui viennent
aux yeux Charles doucement soupire :

« Il est grand temps qu'on nous opère, n'est-ce
pas ?

La plus outrée nous a lancé, en claquant la porte :

— Quand on vous tranchera la tête je serai là pour
vous couper les couilles !

Nous retombons en adolescence. Nous souffrions
alors de cruauté gratuite. D'insécurité infantile. Collé-
giens nous jouissions à niaiser les filles, après le
cinéma. Bébée nous en veut encore d'avoir effarouché
ses amies. Étriver. Décevoir.

A la brunante, après le dîner, nous nous attaquions
avec des masques hideux aux passants paisibles. Ils
trébuchaient de peur. Nous maudissaient. La nuit
venue, nous nous approchions en Sioux des automo-
biles stoppées par le feu rouge, puis nous écrasions
brusquement nos nez sur la vitre, côté chauffeur. Le
quartier fut nommé, par ceux qui avaient survécu aux
infarctus, « Halloween ». Mardi gras ! C'était le cirque. « A.A. » nous avait transmis le goût du style, du
costume. Maman le refus du drame. Nous, nous

122

avions choisi la politesse du désespoir. L'ironie grin-
çante. Le cri des grenouilles. Cela nous convenait.
Dans l'océan anglophone tout ce qui ne saxonne est
un batracien. Enfin. Querelles de vieux pays qui ont
fait long chemin. Nous l'avons bien vu le jour où Irma
Sweet braqua sur nous son appareil photo.

Nous avions été invités à l'hôtel Bonaventure. Les
producteurs d'un film (*The White Stallion,* une copro-
duction internationale composée comme un menu de
restaurant qui veut satisfaire tout le monde), en
accord avec le distributeur, donnaient des fêtes pro-
motionnelles d'avant-tournage. Pour titiller la presse.
On nous avait sollicités afin d'ajouter un peu d'éclat à
la réception. Les promoteurs espéraient que notre
présence attirerait les caméras de la télévision. Nous
étions sur les premières marches de notre vie publique. « A.A. » avait hésité, mais l'idée d'une party
internationale l'amusait. Le projet d'un film tourné
sur l'Ouest avec Irma Sweet, une comédienne française qui voulait réussir aux États-Unis, le séduisait.
D'autant plus que ça n'allait pas tellement avec
maman depuis quelque temps. Papa s'était mis à
s'enivrer dans des odeurs de starlettes.

Le champagne coula comme du lait à l'étable.
Rapidement les invités eurent le verbe haut. C'est
François le premier qui pour s'amuser proposa que
tout le monde se jette à l'eau. Il faisait un froid
sibérien dehors, avec des bourrasques de vent nei-
geux, et la piscine sur le toit fumait autant qu'un bol
de soupe vietnamienne. L'hôtel Bonaventure, pour sa
publicité dans les magazines de luxe, utilise des images

123

de baigneurs batifolant dans ses eaux au cœur de janvier. En réalité vous entrez par un tunnel dans la piscine et tant que vous ne vous aventurez pas hors de la flotte, il n'y a aucun danger d'être frigorifié. C'est une trappe à touristes. Il en faut !

Nous nagions posément, doucement, nos têtes dans les vapeurs blanches ; c'était très agréable. Puis nous avons fait la planche. Une idée à se geler le nombril. C'est alors qu'Irma, dans un manteau de renard gris jeté par-dessus son bikini, se mit en frais de tirer des portraits. Elle baladait son Polaroïd d'un invité à l'autre. Puis elle autographiait le cliché. « Avec mon meilleur souvenir, Irma Sweet. » Une photo n'attendait pas l'autre. Elle était très excitée. Ce fut enfin notre tour. Nous avons offert nos plus beaux sourires. Déclic. Dix secondes d'attente.

« Oh ! » fit-elle jetant un coup d'œil au résultat, « on dirait un animal préhistorique ! Un... un serpent de mer. Venez voir Harry ! » cria-t-elle à son producteur. Celui-ci se pencha sur la photo et conclut : « It looks like a frog ! » « Vous avez raison ! » lança Irma Sweet. « Oh la vilaine grenouille ! » Puis elle nous regarda en face pour voir si la photo lui avait joué un tour et nous la tendit sans signature. La starlette française avait l'œil ! Nos deux têtes sur la pellicule ressortaient comme les deux protubérances oculaires dudit batracien. Nos bras et nos jambes dans la vapeur d'eau complétaient l'illusion. Nous formions un tableau shakespearien. Du coup nous avons failli couler à pic. Nous noyer. Avaler du chlore tiède.

Cette photographie comme un rayon X révélait notre structure intime. Intime.

François a arraché à Irma Sweet sa caméra et l'a lancée à l'eau. Puis il déchira en confettis le cliché qu'il garrocha dans le vent glacé avec la force du dépit. Nous sommes repassés par le tunnel d'accès à la vitesse d'une équipe de compétition. Nous avons couru vers une des chambres réservées aux invités. Nous avons refermé derrière nous. C'était une pièce en béton brut tendue de rideaux orange. Nous nous sommes essuyés, face à une grande glace biseautée montée dans la salle de bains. Charles était blanc. François le rouge aux joues. Grenouille! « A.A. » vint frapper à la porte. Il voulait qu'on lui ouvre. Charles lui a crié d'aller se noyer dans la mare aux crapauds.

— Va voir tes starlettes! lança François.

— Je vais vous attendre au bar, répliqua Papa à travers l'huis, mais laissez au moins entrer Mlle Sweet...!

— C'est ma chambre! J'ai besoin de mes vêtements! Je suis frigorifiée! Soyez gentils. Je dois me changer pour dîner! Les invités m'attendent. Soyez des choux! Allez! On va s'expliquer!

Choux? Nous avions assez d'être une grenouille. Pour un peu elle aurait demandé un metteur en scène de sa détresse.

— Qu'est-ce qu'on fait? demanda Charles regardant François du coin de l'œil.

— Le coup du monstre, répondit ce dernier.

— Attendez un instant, Mlle Sweet, cria Charles.

Nous avons fait couler l'eau du bain jusqu'à ce que la baignoire soit aux trois quarts pleine. Puis François silencieusement ouvrit le loquet et nous nous sommes précipités dans l'eau tiède en coassant avec force. On se serait cru à la saison des amours chez les wawarons. La porte de la salle d'eau s'ouvrit soudain toute grande. Irma Sweet, dans son maillot mouillé collé à sa peau brunie par le soleil de la Croisette (ou était-ce le concentré de carottes ?), nous contemplait avec un sourire lumineux.

C'était la Vierge apparaissant à deux bergers illettrés. Ses formes rondelettes se dédoublaient dans la glace, comme l'écho d'une symphonie. Nous n'avions à ce jour vu pareille image que dans les tableaux italiens du dictionnaire Larousse. La naissance de Vénus ! Porte de jade ! Étoile du matin ! Nos coassements moqueurs se firent plus doux. La grenouille s'apprivoisa, Irma Sweet ouvrit la bouche. La referma. Aucun scénariste ne lui avait écrit de réplique. Nous coassâmes de plus belle. Elle eut l'air sincèrement peinée.

— Pourquoi me punir ? demanda-t-elle, je n'ai pas voulu vous blesser. Bon. J'ai dit que vous aviez l'air d'une grenouille, c'est vrai, mais au moins ce n'est pas banal. Et c'est délicieux avec de l'ail.

» Vous voudriez ressembler à tout le monde ? Mais vous êtes extraordinaires ! Inimitables ! Rares ! Superbes ! Regardez-moi (nous ne faisions que cela en coassant mécaniquement), j'ai de l'allure, c'est vrai, mais il y a des milliers de femmes qui prétendent me remplacer. Vous, vous êtes *irremplaçables.* Vous savez

126

ce que j'ai dû faire pour être remarquée ? Pour obtenir ce contrat de cinéma ? Changer de nom, de couleur de cheveux, de ville, d'amis, de milieu. » Elle ajouta : « Irma Sweet n'a qu'une chose à vous dire : les autres hommes m'ennuient. Je n'avais pas besoin vraiment de cette chambre. Je suis venue pour vous revoir. Et m'excuser, si je vous ai peinés.

Peut-on imaginer discours plus à point ? Ah les Français savent manier la langue ! La starlette sentit d'instinct notre désarroi. Tout en plongeant ses yeux bleus dans les nôtres, nous regardant l'un après l'autre comme si elle refusait une passion trop forte, elle se glissa dans la baignoire. Serpent de mer !

Du coup nous avons cessé de coasser. Nous nous sommes légèrement redressés. A travers le mur on entendait les cuivres de l'orchestre. Nous nous sommes redressés un peu plus encore. Notre appendice commun pour la première fois en fit autant. Il était raide comme une flûte. Nous fûmes saisis. A deux mains. Surpris. Ravis. Épanouis. C'était une Coïncidence miraculeuse. Une synchronisation totale, parfaite, sans laquelle notre pénis fût resté flagada.

Hélas ! Nous n'avons pas souvent les mêmes fantasmes. Une fesse ronde et dodue arrache un soupir à François, mais elle laisse Charles comme du Jell-o. Il préfère l'entre-sein d'une blouse ouverte ; François surveille les entre-jambes. Charles sent les odeurs, François suit les formes. Tout se passe dans notre matière grise. Nous sommes, parfaitement, des intellectuels. Intellectuels.

Ce n'est pas très brillant, « A.A. » nous l'a avoué,

pour la sexualité. L'angoisse métaphysique, le poids du monde, le jugement des autres, les soucis politiques, les nuances du discours, les solidarités, les pétitions, les processions drainent quotidiennement l'énergie sexuelle. Ce n'est pas juste. Le fonctionnaire, quand il a fini sa journée, se lave et prend place au lit. Il est disponible. Il a le choix des quatre-vingts et quelques positions du Kama Sutra. L'intellectuel, lui, a pris position toute la journée, contre la pollution, la guerre et le reste. Il est épuisé. Mais, dans la baignoire de l'hôtel Bonaventure, ce jour-là, il n'était plus question d'intellectualiser.

Ce que voyant, Irma Sweet sortit de l'eau, s'empara d'une serviette grande comme un peignoir, s'approcha de l'étang, s'agenouilla sur le tapis de bain assorti. Elle fit sauter son soutien-gorge qui tomba entre nos cuisses, dans la baignoire. Puis, en soupirant, elle nous tendit ses seins plus fermes que généreux.

« Les mamelles du Destin », pensa François.

Charles prit celle de droite, François l'autre, chacun caressant les mamelons d'une main tendue. Nous nous sommes agenouillés. Irma nous offrit le lait et le miel. De grenouilles nous devînmes têtards. Phénomène de régression, nous apprit plus tard notre psychanalyste, nous voulions, paraît-il, retourner dans le sein maternel ; elle, jouer avec un enfant. Enfin.

Elle nous enveloppa dans la serviette de ratine, et nous assécha en nous frictionnant vigoureusement. Notre sang bouillait à la surface de notre peau. Elle nous guida vers le lit.

Nous nous sommes embrassés à bouche que veux-tu, Charles et François se chamaillant pour les meilleurs endroits. Irma Sweet donnait à guichet fermé son meilleur show d'actrice française en tournée. Nous lui murmurions des compliments chacun dans une oreille. C'était une cour haletante en stéréophonie. La Belle se tourna sur le dos, nous fîmes la Bête. Pour la première fois de notre vie. L'amour à trois, en criant, en riant, en coassant, pantelants, oxygénés, émus aussi de ce plaisir inconnu. Puis nous avons perdu, c'est une constante chez les Papineau, conscience. Désir, orgasme, révolution, rideau. Rideau.

Nous avons dormi. Au réveil Irma Sweet était repartie. « The show must go on », nous avait-elle écrit sur un carton. Nous avons convenu que si les starlettes rêvent de monstres nous allions, en tant que Grenouille, chercher des lèvres de princesse et devenir un homme. Des hommes.

*

« A huit heures demain matin », signale l'écran de l'ordinateur, « nous ferons des prises de sang préliminaires. Vous êtes priés de ne rien consommer d'ici là. Vous pouvez boire de l'eau. »

— Me voilà en sécurité pour les prochaines douze heures ! lance François à Charles qui ne trouve pas ce rappel particulièrement amusant.

Charles a fait, il y a huit mois, une première crise d'anthropophagie.

Il cherchait à mordre l'oreille de François, à lui manger le nez. S'il avait pu tourner la tête, soutient-il, il aurait tenté d'avaler François tout entier.

— Eh! Qu'est-ce qui te prend? lança alors ce dernier, inquiet.

— J'ai de plus en plus la tribu en horreur, répondit Charles. Puis il cracha au loin, de dépit, sans s'expliquer plus avant. Bicéphale ambigu.

Les propositions de Northridge sont arrivées au bon moment. Le docteur soutient qu'à Vancouver il entendit un jour parler de nous à propos de notre émission de télévision. Il dit que les Anglais la regardaient sans rien comprendre.

« It was so French-Canadian! »

Notre monstruosité les fascinait. Les Britanniques ont toujours eu un faible pour les histoires de vampires et de châteaux hantés piqués sur des sommets brumeux. Gregory Northridge nous a affirmé qu'il avait voulu, dès cette époque, faire notre connaissance. Il appartient à cette famille de scientifiques lunatiques qui ne se réunissait, au siècle dernier, que les soirs de pleine lune. Il y a chez lui, quand il se déplie lentement pour se lever, un côté Dr Frankenstein dans le geste. Le front carré. L'œil noirci. Il croit qu'à chaque problème correspond une solution. Il est persuadé que la technologie peut tout résoudre. Résoudre. François l'imagine dormant seul la nuit dans un laboratoire, bercé par le bouillonnement des cornues fumantes.

— Tu sais, dit Charles, j'aimerais faire un cadeau à notre tératologue.

La tératologie est cette branche de l'anatomie et de la physiologie qui a pour objet l'étude des anomalies de l'organisation chez les êtres vivants. La tératologie a longtemps été matière à divagations faciles et ridicules.

— Tu ne crois pas que nous soyons un cadeau suffisant, demanda François, avec nos têtes plantées comme des oreilles de lapin ? Tu veux lui offrir le Bossu de Notre-Dame ?

— J'aimerais lui donner notre exemplaire du livre de Haller...

C'est le Dr Bonvouloir qui nous avait rapporté de Paris ce volume publié quelques années après la défaite de la Nouvelle-France. *De Monstris* est la première étude scientifique sur le sujet. Elle date de 1768. Par la suite, grâce aux lumières du rationalisme, Étienne Geoffroy Saint-Hilaire mit de l'ordre dans les anormalités qu'il définit en quatre groupes principaux : hermaphrodismes, hémitéries, hétérotaxies et *monstruosités* proprement dites. C'est notre classe. Alain-Auguste Papineau et Marie Lalonde étaient donc tératogènes.

— C'est ce que je déteste le plus, dit souvent Charles ; avoir été enfermé, classé au départ, sans appel : monstre double autositaire du groupe des Atlomydes...

— Canadien français catholique ? ironise François. Je suis d'accord. Échangeons *De Monstris* contre son savoir scientifique. Qu'est-ce qu'il a dit de la spécialisation incertaine des cerveaux ?

— Ce que l'on savait déjà : nos têtes ont deux

chambres où s'enregistrent indépendamment les événements quotidiens. L'un des hémisphères commande la conscience et le langage. L'autre est un grenier où se retrouve la musique. Ce sont nos consciences qui s'opposent. De là l'idée d'accoupler des parties complémentaires.

— Il était aussi affirmatif que cela ? demanda François. Il est persuadé que nous survivrons avec tes mots et ma mémoire ?

— Non. Il avoue avoir déjà vu, rappela Charles, des accidentés graves dont une chambre cervicale s'était substituée à l'autre. En réalité chaque synapse doit avoir une fonction définie, mais l'activité cérébrale semble fluide.

Biiip.

Le bon géant nous revient dans le silence de la nuit. Les écrans se couvrent à nouveau de petites lettres lumineuses comme les vitres de pluie.

« Voici réponse à la question de cet après-midi sur l'intérêt scientifique de l'intervention chirurgicale : avant tout nous espérons situer de façon précise, et hors de tout doute, le lobe de Delphes. Cette partie du cerveau recèle les voix qu'entendent les oracles et les hallucinés. » Hallucinés.

« Ensuite nous espérons apprendre à utiliser le cyanoacrylate en plus grande quantité qu'à l'ordinaire. Ce liquide se glisse dans les vaisseaux sanguins pour renforcer les parois trop faibles et sceller les connexions sectionnées. Nous injecterons cette colle avec une aiguille fine et nous en suivrons la progression grâce à une technique de radioscopie. »

Et le reste ! A lire Northridge nous sentons pour la première fois peut-être que ces messieurs ne savent pas grand-chose encore sur le cerveau. Même Charles est ébranlé.

— Au pis aller, dit-il, nous retrouverons Britty.

— Elle peut attendre ! répond François qui se sent encore des appétits.

Puis nous éclatons de rire en chœur. Nous avons toujours été crâneurs.

Après l'aventure de l'hôtel Bonaventure nous avions commencé à regarder le monde avec d'autres yeux et découvert que papa rentrait souvent tard le soir et prenait trop à cœur soudain son rôle d'impresario. Ses rapports avec notre mère avaient des odeurs de frigo. Il débordait d'activités. Il ne lui suffisait plus d'être journaliste à *la Presse* et de gérer l'utilisation de nos occiputs. Il cherchait, disait-il, des talents pour la Relève. Il parlait de former un orchestre comme d'autres une équipe de hockey.

Sa crise du moment se nommait Dippydou. Elle était rockeuse et chantait comme barrit un éléphanteau. Mais elle possédait, ce que ne connaissent pas les pachydermes, l'art de la sono. C'était une voix de cathédrale électronique. Comment qualifier son style ? « A.A. » soutenait qu'elle était rock-western. C'est lui qui l'avait « découverte » en province et qui l'avait encouragée à tenter sa chance en métropole.

De son vrai nom Colette Tremblay, Dippydou était une petite femme aux cheveux noirs, au nez retroussé et aux pommettes saillantes comme l'étaient ses hanches. Pour accentuer son héritage amérindien elle portait à cœur de jour des costumes pailletés de perles brillantes cousues par les autochtones du lac Saint-Jean. En plein soleil elle ressemblait à un sac de billes multicolores.

Pour son premier concert en ville, « A.A. » eut l'idée géniale de nous transformer en maîtres de cérémonie. Il nous fit tailler sur mesure un tuxedo. Avec notre petite boucle noire sous les mentons nous évoquions sûrement la vision qu'a un ivrogne d'un garçon de café. Enfin. Ça ne s'est pas trop mal passé. Un peu de l'aura d'Irma Sweet avait dû rejaillir sur nous. Des allusions grivoises, au sujet des événements de la piscine que l'on sait, s'étaient glissées dans certains journaux jaunes. Et nous avons rempli la salle Maisonneuve de la place des Arts de la deuxième ville française du monde quatre soirs de suite. Ce n'était pourtant ni le lieu qui convienne, ni l'ambiance naturelle au rock-western. Dippydou elle-même se sentait « déplacée ». « A.A. » au contraire affirmait à haute voix qu'il faut toujours cultiver les contrastes. Que c'était en Yin et Yang que les spectacles doivent se concevoir. Il est éclectique. Éclectique. Homard thermidor et hot-dog stimé sont les deux pôles de sa culture. Peler de froid l'hiver, s'ébattre dans la chaleur torride et écrasante de l'été montréalais sont deux états qui le ravissent.

Il est aussi insaisissable que s'il avait deux pensées. Une contradiction incarnée, résolue. Enfin. « A.A. » prétendait que Dippydou ressemblait à mémère Britty. Dans sa jeunesse. Il faisait circuler l'album de famille en guise de preuve. Le véritable oiseau de proie. C'était, lui avait-il affirmé un soir, « comme découvrir une mère plus jeune que soi ». C'était « comme pouvoir en quelque sorte être le père de sa mère », lui avait-il roucoulé incestueusement. Britty devait gigoter dans son cercueil. Dommage que ses accus aient été à plat. « A.A. » jouait des muscles et de la dynamo. Il voulait à tout prix justifier ses cheveux gris et ses appétits de jeunesse. Il reluquait les amies de Bébée. Il voulait batifoler, chasser les papillons cheveux blancs au vent, il faisait mine d'être perclus de rhumatismes pour attirer la pitié.

Habituellement le mâle qui vogue vers la cinquantaine cherche à faire un détour avant d'atteindre le demi-siècle, et tente de s'arrêter sur une île au passage. Tout pour se rajeunir. Il se teint les poils des tempes. Joue au tennis, au squash. Parle de sa forme avec orgueil. Or au contraire « A.A. » entreprenait de persuader Dippydou qu'elle avait besoin d'un père putatif dans son lit. D'un protecteur qui l'aiderait à entreprendre et réussir une carrière internationale.

Le cinquième soir des « Concerts Dippydou » à la salle Maisonneuve de la place des Arts il n'y eut pas plus de cent spectateurs !

Papa était parti rapidement en reportage à Toronto. Il avait oublié, avant de filer, de distribuer gratuitement les billets de la soirée, comme il l'avait assuré les jours précédents. Dippydou s'effondra. Elle nous avoua en pleurnichant que « A.A. » ne l'avait pas même embrassée avant de partir. Elle affirma qu'il ne l'aimait déjà plus. Elle cria qu'un père ne joue pas de tels tours à une fille qu'il vient d'adopter. Adopter.

Forts de notre expérience récente de grenouille lubrique nous nous inquiétâmes des rapports intimes qu'ils avaient eus. Des heures qu'ils avaient partagées d'abord au motel le Héron de Victoriaville, puis sur d'autres oreillers. Le récit de Dippydou, entrecoupé de reniflements rythmés, rock-western jusqu'au bout du nez, nous mit en chaleur.

« Pourquoi ne pas garder ces élans dans la famille ? » demanda Charles. L'amour naît parfois de la pitié, ce sont deux qualités du cœur ! Mais surtout l'idée de sauver le mariage de nos parents l'emporta. Nous avions aperçu maman écraser une bouffée de tristesse. Son cow-boy voulait chevaucher d'autres montures ? Nous serions aux aguets. Nous n'allions rien rater. S'il fallait intercepter une nouvelle fille à l'horizon et la détrousser nous le ferions. D'Artagnan et Aramis. Casanova et Don Juan. Pardieu ! Sacrebleu ! Ostination !

Dippydou n'était pas plus vierge que nous, en fait même beaucoup moins. Mais ce fut notre noble tâche de lui relever le moral, puis la jupette, d'abord sur le petit sofa de cuir trop dur de sa loge, ensuite dans le bunk de sa roulotte où nous lui rendions régulièrement visite, sous le pont Jacques-Cartier. Le charme et la simplicité de la rockeuse nous distrayaient agréablement de notre univers trop universitaire. Papa se réfugia plus loin. Mission réussie mon général. Or un matin, la tenant sur notre poitrine commune, derrière les rideaux imprimés de guitares et de cactus de sa roulotte, nous l'entendîmes murmurer : « Mes totos » (c'était notre diminutif de tête préféré),

136

« vous avez été *chic and swell* de vous occuper de moi dans le malheur, mais on n'est pas faits pour passer ensemble toute une vie. Vous étudiez dans des livres que je comprends pas, pis que je veux même pas connaître. On s'est assez frotté le ventre comme ça. Moi j'ai ma voix, mes fesses et le showbiz. Je vous ai tant aimés ! Du monde comme vous c'est rare, mais je peux pas vivre longtemps avec deux hommes. On reste de bons amis ? »

— Et nous ? lancèrent en chœur Charles et François.

— Vous avez deux têtes ? Servez-vous-en sacrement ! » répondit Dippydou qui nous embrassa et nous mit à la porte de sa roulotte en riant. Elle était rustique. Elle pouvait survivre à toutes les intempéries. Elle avait rajusté son tir, changé de cible et trouvé à chanter au parc Belmont. On lui avait offert le kiosque à musique entre les montagnes russes et le palais des glaces. Elle nous y invita pour sceller le pacte de l'amitié. Ah ! Ces corridors infinis de miroirs convexes ! Concaves ! Tordus ! Bombés comme des rombières ! Biseautés ! Ballonnés ! Allongés ! Il fallait voir ces monstres que nous renvoyaient les glaces, nous multipliant à l'infini. Nous avions envahi la planète. Nous n'étions plus uniques ! Des milliers de têtes de C.-F. se contemplaient médusées. Dans l'une des salles Dippydou se roula par terre en rockant. Nous étions bas sur pattes, larges du cul, figures allongées comme des cigares sur un cou de girafe. Enfin. Dippydou ! Dippydouda ! Dippydié !

Nous avons ainsi, sans que maman l'ait jamais su,

épié papa sur le sentier des conquêtes puis dépassé dans les virages. Nous avons rencontré, fréquenté (la musique avant l'instruction), séduit, ces dernières années, à nous seuls, à nous deux, assez de chanteuses populaires pour lancer un nouveau long jeu intitulé « Tour de têtes ». Avec nos artistes préférées, arrachées aux désirs d'un cow-boy vieillissant. Voyez la poussière qui retombe dans le soleil couchant ! Personne ne mesurera jamais les efforts que nous avons dû fournir pour honorer chacune. Car « A.A. » ne possédait pas le monopole du bon goût. C'est Charles qui avait alors mission de nous mettre en train. Comme on fait courir un étalon dans l'enclos avant de lui présenter une jument. Il écrivait des poèmes érotiques pour que François se laisse embarquer. « Mon frère est un gigolo rigolo », disait-il ensuite en public. C'était littéral. Les frères gigolos, héros anxieux, au service du couple géniteur désorienté.

« Je suis le tambour de sa libido ! » ajoutait Charles. Mais les gens croyaient qu'il blaguait. Les gens s'imaginent *toujours* que nous blaguons. Parce que nous avons deux têtes, parce que nous utilisons deux discours ; ils croient que nous jouons avec les mots pour des effets de langue. Comment pourraient-ils prendre un monstre au sérieux ? Quand sauront-ils que nous disons *toujours* la vérité ? Quand il sera trop tard et qu'ils devront contempler sur les tablettes d'un laboratoire aseptique nos hémisphères cervicaux assoupis dans le formol ?

L'Amalgamé ira son chemin. Avec les honneurs de la guerre. On le promènera dans des congrès médicaux pendant quelques mois, à San Francisco ou à Vienne. Puis on l'oubliera. L'autre partie de notre âme, celle qui est visiblement de trop, ira tenir compagnie au squelette du géant Beaupré, le lointain cousin de Gregory B. Northridge. Enfin. Comme les avortons du *Racine Greater Show* nous passerons à la légende dans des bocaux de verre. La légende des peuples.

huitièmement

« DXL. Pour traitement 685636

A C 12 F

Sans références. Voir textes F.3.

Début.

» Le choc opératoire a été fulgurant. Les crânes se sont avérés plus durs que pierre. La salle était jonchée de scies à rubans et d'égoïnes ébréchées.

» Le sang partout giclait comme dans un abattoir. Ils étaient vingt autour du Dr Gregory B. Northridge qui s'agitait, bricoleur sadique, sculpteur inquiétant.

» A la lumière des projecteurs les yeux des assistants, derrière leurs masques blancs, lançaient des éclats comme autant de micas miroitants.

» On avait rasé Charles et François après les avoir barbouillés de crème. Desserts du dimanche.

» Tout avait commencé comme si ces messieurs plantaient une tente. Un morceau de caoutchouc mince comme peau de tambour recouvrit, tendu par des pinces, le haut du corps depuis les épaules. De la pointe acérée d'un scalpel une infirmière avait ensuite percé la membrane. Elle dut s'y reprendre à deux fois

143

pour que les têtes de Charles et de François seules soient découvertes.

» Northridge attaqua d'abord Charles. Il avait tracé au bleu de méthylène une simple ligne médiane qu'il suivit rigoureusement.

» Ensuite il cerna le haut du crâne de François et enleva la calotte. Avec beaucoup d'efforts. Le cerveau à nu s'agita comme le corps d'une méduse effrayée.

» Tous deux étaient profondément anesthésiés. Gazés. Charles avait réclamé en vain l'acupuncture. Les aiguilles étaient restées dans la pelote. La technologie triomphait.

» L'opération se déroula comme prévu jusqu'à ce que l'on découvre que la calotte crânienne de François, qui devait servir à chapeauter la nouvelle tête, était trop étroite. Le cerveau amalgamé aurait été écrasé sous ce toit exigu.

» Les chirurgiens furent appelés à tenir le corps en vie, artificiellement, cependant que l'on fabriquerait une calotte sur mesure.

» Pendant quatre-vingt-trois heures les médecins dormirent dans une pièce attenante pour rester au chevet du patient.

» Des repas chauds leur étaient servis sur place. Le sang, ni la cervelle crue, ne leur coupait l'appétit.

» Les premiers essais avec des matières plastiques s'avérèrent désastreux. Comme si le liquide cervical brûlait les sous-produits du pétrole. Problème chimique décréta l'ordinateur. Mais on n'avait rien laissé au hasard. Tout problème avait sa solution.

» Un souffleur de verre avait été repéré à Venise.

Le lendemain du premier coup de scie il atterrissait à l'aéroport de Mirabel et sans souffler se mettait au travail. Le verre ferait l'affaire. A condition, bien sûr, que le sujet ne passe pas le reste de ses jours à se cogner la tête contre les murs... »

Le voyant s'est éteint pour la centième fois peut-être. Les aiguilles de l'enregistreuse se mettent à respirer paresseusement comme oscillent des barques au fond d'une baie.

— Tu ne réagis pas à mon texte ? demande François à Charles qui a lu à mesure le récit sanguinaire sur son écran jumeau.

— C'est un texte opératoire, répond Charles, avec une moue de mépris, tu ne le poursuis pas ? C'est vivant, si je puis dire, je veux savoir la suite, j'aime bien ton humour noir. Qu'est-ce que la calotte de verre recouvre ?

— Un nouveau monstre, dit François.

— Ce n'était pas la peine alors ?

— Non. Ce n'était pas la peine.

— Qu'est-ce que tu en sais ? insiste Charles.

— Il se peut, répond François, que nos rêves cèdent la place à un nouveau délire, tout simplement. Et puis je n'ai plus vraiment envie d'écrire qu'une seule phrase en épilogue : " Je ne veux pas mourir ", et François, la main hésitante au-dessus du clavier ajoute, songeur : « mais je sais que c'est inutile. Le processus est enclenché comme un vote de grève... »

— Et si nous tenions un référendum ? lance Bébée

145

qui nous embrasse par-derrière. Pour trancher la question ?

Elle nous écoutait en silence depuis un moment. Nous ne l'avions pas entendue entrer. Puis elle éclate de rire, s'empare d'une pêche mûre et va poser son petit cul sur le calorifère, sous la fenêtre. Bébée est arrivée la première. Elle nous annonce la visite de Marie et d'Alain-Auguste.

— Ah ! Les autres apôtres vont venir tout à l'heure pour la Dernière Cène ? » soupire François qui se voit comme le Sacrifié. Il a surnommé le Dr Northridge « l'Assassin du Golgotha ». Et Charles tient le rôle de Judas.

Bébée s'est amenée la première pour pouvoir manger les chocolats et les fruits qui débordent des paniers. Elle place les fleurs reçues dans notre chapelle ardente. Fait le tour des plats. Depuis qu'elle a quitté la maison pour aller s'accoter avec un auteur de bandes dessinées elle n'a plus grand-chose à se mettre sous la dent. On n'engraisse pas les jeunes filles avec des bulles. Les lundi et mardi ils font les vernissages, sans distinction, sandwichs, petits fours, bière et vin blanc. Le mercredi elle travaille quatre heures dans un restaurant. Le jeudi ils vont laver leur linge sale en famille, chez nos parents. Pendant qu'une brassée roule dans la sécheuse électrique ils en profitent pour accepter le plus fastueux banquet de la semaine. « A. A. » est ravi, car cela lui fournit un auditoire captif. Maman en profite pour cuisiner des plats rares et réussir des sauces inattendues.

— Pourquoi voudrais-tu un référendum ? demande Charles.

— Parce que vous ne vous appartenez pas tout à fait, répond Bébée. Vous vous devez à votre public. Vous êtes l'orgueil de la Nation. Vous ne pouvez pas prendre privément, à l'hôpital *Royal Victoria,* une décision pareille. Comme si elle n'allait avoir aucune conséquence sur notre écologie !

— Northridge soutient que ce n'est pas de notre ressort, de toute manière, rappelle François, nous appartenons à la science...

— Qu'est-ce que tu en penses, toi ? Avant que les parents n'arrivent ? demande Charles à la petite sœur. Du calorifère où elle était perchée elle saute sur ses deux pieds comme une gymnaste. Depuis ses vingt ans elle est devenue très élégante. Elle fronce les sourcils, signe évident qu'elle réfléchit tout en mastiquant un chocolat au caramel dont elle lance l'emballage de papier aluminium rouge d'un seul geste dans le panier. Elle compte un but. Nous applaudissons.

— Bon. Si vous tenez tant à le savoir, je suis du côté de maman. Je vous aime tous les deux. Je ne connais que vous. L'intervention chirurgicale me ferait perdre mes frères. Je serais pour le non. Vous n'avez pas le droit de m'arracher une partie de ma vie. Car c'est cela que vous allez entreprendre. Tuer mes souvenirs, puisque nous ne pourrons plus en reparler jamais. Je trouve l'idée inacceptable. Mais c'est votre vie.

— Deux tiens valent mieux qu'un tu l'auras ? intervient François.

147

— C'est cela, dit Bébée les yeux embués, vous êtes deux miens.

Un silence. Au loin une sirène électronique perce les oreilles et le soir qui tombe. Bébée nous regarde avec intensité et vient s'asseoir sur le lit. Elle demande à voix basse :

— Dites, vous avez déjà choisi ? Dites-le-moi ?

— Oui, répond Charles.

— Non, répond François.

Chaque fois que nous nous opposons nous nous rapprochons de la mort. Cela commencera par la rupture des organes. Puis le sang comme une marée envahira l'estomac. Le foie crèvera comme une grenade. Ces trois dernières semaines nous ont nerveusement épuisés. Nous n'avons plus la force des premiers jours. C'est pourquoi Northridge nous a donné l'échéance d'aujourd'hui. Si nous ne nous décidons pas il remballe ses outils. Fuir vers le scalpel ou courir jusqu'à ce que la mort naturelle nous rattrape ? Ce n'est certainement pas un problème insurmontable. Des milliers de gens sont devant ce choix tous les jours. Ils n'en font ni un drame ni un roman. Mourir ou se laisser vivre ? Bébée se jette dans nos bras, arrachant au passage quelques tubes et leurs fils.

— Ne pleure pas, dit Charles, c'est chacun pour soi, c'est tout. On ne peut pas toujours être attachés les uns aux autres. Tu vois, au fond, nous ne sommes pas très différents des unicéphales.

Nous ne bougeons plus. Tous les trois immobiles à méditer. Bébée a le nez dans l'oreiller. Chacun poursuit le fil de sa pensée. Charles s'imagine, après

148

l'opération, marchant tête haute dans les rues sans que personne enfin ne se retourne sur son passage. Il se noie avec volupté dans la foule des cités. Bébée et François font dans la nostalgie. Ils reculent dans le temps comme on ajuste une montre. Bébée s'arrête à ses quinze ans, quand elle fréquentait grâce aux Têtes les studios de télévision. Le spectacle. François s'est assis en classe. Il s'imagine en voie d'apprendre et de comprendre une nouvelle matière. Il se rappelle quand, la nuit venue, Charles et lui mettaient leurs énergies en commun pour saisir le monde. L'expliquer. Lui donner un sens. Tous trois rêvassent. Ils ne remarquent pas la porte de la chambre qui s'est ouverte doucement et sursautent quand « A. A. » s'écrie : « Vive la chirurgie ! »

Derrière lui maman se contente d'un « Bonjour les enfants... » qui en dit long sur sa vision des événements. Nous voilà tous les cinq réunis autour du lit comme sous la bâche du camion.

— Au risque de me geler les seins, lance « A. A. », je vous ai apporté de quoi trinquer. » Il retire de sous sa veste deux bouteilles de champagne glacées. « Bébée, dit-il, va nous chercher des verres dans la salle de bains. Cette réunion sera historique et solennelle. »

Il fait sauter un premier bouchon comme il tire du Colt, répand du vin partout, sur l'édredon, sur l'ordinateur et quelques goulées dans les verres.

— Je lève ma coupe, dit « A. A. » sans laisser à personne le temps de souffler, à une famille heureuse, célèbre, enviée, qui passera certainement à l'histoire !

A Marie ! » ajoute-t-il avec un regard attendri vers maman.

Dehors les érables s'agitent dans le gaz carbonique de la fin du jour. Le soleil, qui se couche sur l'autre versant de la montagne, jette un dernier coup d'œil dans le miroir incandescent des gratte-ciel. Demain il fera beau et chaud. *The show must go on.*

Nous terminons en turluttant la seconde bouteille de Moët-et-Chandon qu'a servie « A.A. » de plus en plus volubile. Maman s'est assise dans l'unique fauteuil de la chambre, sous la photographie en couleur du prince souriant. Bébée, qui a quitté le pied du lit, s'est appuyée sur l'accoudoir et l'a prise par le cou. Alain-Auguste Papineau s'arrête soudain, face à Marie Lalonde, lui murmure quelque chose que nous n'entendons pas. Elle pleure en silence sans même se cacher les yeux. Puis il se retourne vers nous, salue l'ordinateur d'un coup de tête et lance :

— Mes enfants, je propose un toast à l'évolution ! » Il tient son verre aussi haut que son verbe, nous salue. Papa nous salue !

— A l'évolution », lançons-nous en chœur, « qui n'est pas pour des gens aimables !

Les aimables, les simples d'esprit, les humbles de cœur, ceux qui sont de trop, qui ne peuvent faire de mal à un papillon, les dinosaures, les brontosaures, les hominiens, les Kalapalos, les Arméniens, les Acadiens, les têtes à Papineau de tous les hémisphères, ou l'une d'entre elles, sont condamnés à disparaître. L'évolution, c'est la raison du plus fort. Comment une

150

grenouille pourrait-elle nager dans une mer d'unicéphales ?

— Adieu Charles.

— Adieu François !

enfin

Les Éditions du Scorpion
1608 rue Saint-Denis
Montréal, Qué.
HOB 1K5   *July the 1st, 1981*

   Dear Sir :

   I am truly sorry I can't honor the publishing contract
Charles and François Papineau had previously signed
with your house. As you must have learned from
Dr. Gregory B. Northridge, it is impossible for me to
write the last chapter of the book in your language.
   Dr. Northridge insists it is merely a side effect of the
brain operation. Research psychologists tend to agree
with him. French speech was in the left side of François'
brain. The voices of the right side still occasionally
break through. But when I hear the words I cannot
reproduce them. It is as though they were a mesmerizing
speech !
   It was a shock for the entire *surgical team when it*

155

became clear that once beheaded « Les Têtes » were replaced by a unilingual individual. So be it.

Both heads wanted so much to be normalized. Well, there is no one left to be blamed for what happened, is there ?

Of course if you were kind enough to send me the diary in translation, I promise you I will study it and send you some feedback.

Thanking you in advance, I remain

Yours truly,
Charles F. Papineau

Computer Science Center
English Bay
Vancouver, B.C.